2019

ALTINOLUK

Nermin'e

Sevgiler

Love . . . ♡

from Doğa Su ♥

APRIL

APRIL

Yayın No: 188

2. Baskı: Aralık, 2018

ISBN: 978-605-81088-0-6

Yayın Yönetmeni
K. Egemen İPEK

Editör
Murat MENTEŞ

Son Okuma
Nimet KİRŞAN

Kapak Deseni
Aydan ÇELİK

Kapak Uygulama
Hakan KARATAŞ

Sayfa Tasarım
Adem ŞENEL

Baskı
Ayrıntı Basımevi
Sertifika No: 13987

Yayın
A.P.R.I.L Yayıncılık
Tarık Zafer Tunaya Sokak
21/3 Gümüşsuyu-Beyoğlu-İSTANBUL
Tel: (00 90) 212 252 94 38
Faks: (00 90) 212 252 94 39
www.aprilyayincilik.com
bilgi@aprilyayincilik.com

MURAT SEVİNÇ

HEY GARSON!

lokanta emekçilerine...

İçindekiler

Servise Başlarken

Çeyrek yüzyıl önce yaşadığım garsonluk hikâyelerini bugün anlatıyorum. O gün böyle bir şey olabileceğini aklıma dahi getiremezdim. Bazı şeyleri seçebiliyoruz hayatımıza dair, bazılarını seçemiyoruz. İngiltere'ye gitmeyi seçtim, buna mukabil orada yaşadığım hemen her şey rastlantıların ürünüydü. Ancak başıboş bir şeylerden, savrulmadan söz etmiyorum. Ne istediğimi biliyordum elbet. Gel gör ki nihai hedefe giden yolda –ki bu benim için önce dil eğitimi, sonra akademiydi– başıma geleceklerі, karşılaşacaklarımı, tanışacağım insanları ve başka pek çok şeyi seçemezdim. Macera başlarken, biriydim. Tamamlandığında, başka biri. Çoğu konuda farklı düşünen, olup biteni bir çeşitlilik içinde algılayan, hayatta birden çok seçenek olabileceğini görmüş biri. Londra'da kaldığım yaklaşık bir buçuk yıl bana çok iyi geldi.

Anlatılmaz bir perişanlıktı aslına bakarsanız. Para pul yok, her an işinizden olabilir ve size destek olacak hiç kimse bulamayabilirsiniz. Sudan çıkmış balık misali. İstanbul'un küçük bir muhitinde doğup büyümüş, üniversite için Mülkiye'ye gidince yaşamı değişmiş, alt orta tabaka mensuplarının yaşadığı Taşlıtarla'nın birikimiyle Siyasal'ın atmosferi arasında bocalamış, yıllar içinde o sıkışmışlıktan kendisine hayli ders çıktığını fark etmiş bir genç. Yirmi üç yaşını henüz tamamlamışken, yaşamında ilk kez yurtdışına çıkıyor. Şimdi çok garip gelebilir tabii bu satırları okuyan genç insanlara, ancak o günlerde yurtdışına gitmek, az buz bir iş değildi. Benim dünyamdaki pek çok insanın ömrü boyunca hayal dahi etmediği bir seçenekti. Gerçi bugün de Türkiye yurttaşı fazla gitmiyor aslında. Sözünü ettiğim tarihte ise bugünküyle karşılaştırılamayacak ölçüde azdı 'gidenler.' Havaalanı, zenginliği çağrıştırıyordu bana. Biraz da Türk filmlerinin etkisiyle. Malum, genellikle fabrikatörler ya da onların varlıklı eş ve çocukları uçakla gelir gider, diğerleri kahvelerini içerken o koca camekândan pisti izlerdi Yeşilçam filmlerinde! Bugün artık hava taşımacılığı büyük ölçüde orta sınıf, hatta belli mesafeler için henüz orta sınıf olamamış kesimler açısından da cazip. Diyeceğim, o gün benim için değil yurtdışına gitmek, uçağa binecek olmak bile heyecan vericiydi doğrusu.

Derdim neydi de gitmek istedim? Kısaca anlatayım. Hem 'eski akademide' nasıl insanlar 'da' vardı, fikir verir belki.

Bugün sıklıkla dile getirildiği gibi 'Türkiye'den kaçmak' için değil, aksine bir an önce memlekete dönüp istediğim işi yapabilmek için gittim Londra'ya. SBF (Siyasal Bilgiler Fakültesi) üçüncü sınıftayken, sonrasında yıllarca asistanlığını yapacağım hocam Cem Eroğul'la iletişim kurmuştum. Arada bir odasına gider, bir şeyler sorarak 'göze girmeye' çalışırdım. Ama bunu fark ettirmemeye çalıştığımı zannediyordum ki, ileride ben de aynı işi yapınca, fena hâlde fark edildiğini anladım! Hoca'ya kitap soruyor, okuyup üzerine konuşmak için kapısını çalıyordum. Şu anda emekli olan hocam, kendini akademiye ve öğrencilerine adamış biriydi. Odasına gelen bir profesör ile birinci sınıf öğrencisine aynı şekilde davranır, yararlı olmak için elinden geleni yapardı. Meraklı bir tip olduğumu fark ettiğinde kitap önermeye başladı. Hatta bir gün, ne yazık ki sonrasında nasıl olduysa kaybettiğim bir kitap listesi verdi. Listede, dünya ve Türk edebiyatının klasikleri vardı. İyi bir akademisyen adayının bu eserleri mutlaka okuması gerektiğini, edebiyat bilmeden akademisyenlik yapılamayacağını söyledi. Neyse ki ben de meraklıydım ve önerdiklerinin bir kısmını hâlihazırda okumuştum. Diğerlerini de, sonrasında okumaya çalıştım. Mezuniyet zamanı geldiğinde, odasına gidip karşısına oturdum ve asistan olmak için sınavlara gireceğimi söyledim. Hoca, o güne dek hiç sormadığı, muhtemelen sormaya gerek duymadığı bir soru yöneltti: Dil düzeyimin nasıl olduğunu! Golü doksandan yemiştim. Nedense bu en temel niteliğin sorulabileceği aklıma gelmemişti. Biraz sıkıntıyla "Kırık" dediğimi hatırlıyorum. Hoca çok açıktı. "O zaman dil öğren, sonra gel. Mümkünse iki dil, ama şimdilik hiç olmazsa iyi bir İngilizce." Odadan çıktım.

Hoca ile konuştuktan sonra dil öğrenmek için yurtdışına gitmeye karar verdim. Verdim vermesine de nasıl gideceğim? Önümde iki seçenek görünüyordu. Ya Ankara'da, İstanbul'da bir dil kursuna gidecektim veyahut o dilin ana vatanına. Dil kursları kuşkusuz son derece yararlı olmakla birlikte, dilin konuşulduğu bir yerde olmakla karşılaştırılamaz. Ayrıca İngiltere'ye gidip orada bir süre yaşama düşüncesi de çok cazipti o yaşta biri için. Dil kırıktı, para yoktu, ne yapacağımı da kestiremiyordum ama gitmek istiyordum. "İstemek başarmanın yarısıdır," diye bir söz var malum. Doğru mudur, yanlış mıdır bilemem. Buna mukabil benim deneyimim olumlu sonuç verdi, çünkü o esnada 'istemek' dışında pek bir şey yoktu hakikaten elimde. Neler yapabileceğimi düşündüm. En çok işittiğim şey, kadınların bebek bakıcısı olarak gittikleriydi. Bunun için 'au pair' vizesi almak gerekiyordu. O zaman internet filan yok. Gazetelerden, sağdan soldan İstanbul'daki au pair şirketlerini bulmaya çalıştım. Ne yazık ki adını hatırlamadığım, Beşiktaş Barbaros Bulvarı'ndaki bir ara sokakta o şirketlerden birinin olduğunu okudum ve birkaç gün içinde gidip buldum. Şirketin sahibi kadın oradaydı ve bana koşulları, erkeklerin bu işi bulmasının kolay olmadığını, yapılabilecekleri anlattı. Çocuk bakıcısı olarak gidebilmek için de, bir öğrenci vizesi gerekiyordu sanırım. Ya da gerekmiyordu belki ama öncelikle öğrenci vizesine başvurmam gerektiğini söylediler. Şimdi nasıldır bilemiyorum, o zaman haftada on beş saat öğrenci kaydı yaptırmak gerekiyordu ve öğrencilerin, yine haftada on beş saat kadar çalışma izinleri vardı. Ailemle konuşup onları da ikna ettikten sonra, önce şirketin ücretini yatırdım ve vize başvurusu için gerekli belgeleri hazırlamaya koyuldum. Ancak dedim ya, doğru dürüst param yok ve aileme yük olmak istemiyorum. Bu yüzden bir yandan da üç beş kuruş cep harçlığı kazanmak için kısa süreli işler bakmaya başladım. Bir süre sonra, bir arkadaşımın (Utku) yardımıyla anket şirketlerinden birinde iş buldum. Bu, apayrı bir macera doğrusu. Beyaz eşya anketinden, dondurma anketine kadar çeşitli ürünlerle ilgili bakkal bakkal dolaşarak, yolda önünü kesmek zorunda kaldığım vatandaştan azar işiterek günlerimi geçirdim. Para kazanamadım tahmin edilebileceği üzere. Olsun, yine de deneyim deneyimdir!

Şirket, Güney Londra'da bir okul ayarladı ve o okulun üç aylık ücretini yatırdım. Artık öğrenci vizesi alabilirdim. İstanbul'daki konsolosluğa gittiğim, kuyrukta beklediğim ve camekanın ardındaki suratsız kadınla konuştuğum dakikaları unutamıyorum. Pek zorlamadılar vize için. Çıktığımda, elimde İngiltere vizesi ve bir de gidiş uçak biletim vardı artık. Ocak ayının hemen başına almıştım. Şirket henüz bir aile bulmamıştı ve aradıklarını söylüyorlardı. Eğer iş bulunamazsa, yanımda götürmeyi planladığım parayla ancak birkaç hafta idare edebilirdim. Yolculuk yaklaşmıştı ve bir gün telefon geldi, davet ettiler. Aceleyle gittim. Şirketin sahibi olan kadın henüz bir aile bulunamadığını, eğer istersem bir lokantada garsonluk yapabileceğimi ve bu zaman zarfında aile bakmayı sürdüreceklerini söyledi. Sevinçle kabul ettim. Şaka maka bir işim de olmuştu. Sonraki bir iki ayı, eş dost ve aileyle geçirdim. Ankara'da, "Ne işin var, deli misin?" diyen endişeli arkadaşlarımla vedalaştım; İstanbul'da ailemle. 1994 Ocak ayının ilk haftası, ablamlar ve rahmetli babam ile Yeşilköy (Atatürk) Havaalanı'na gittik. Vedalaşmak zordu hakikaten. Bir bilinmeze gidiyorsunuz ve ailenizi ilk kez uzun süre görmeyeceksiniz. Ne kadar ayrı kalacağınız, o uzun dönemin tam olarak ne kadar süreceği de belli değil. İlk kez uçağa biniyorsunuz, inince ne yapacağınız ve sınırda kiminle nasıl konuşacağınızı bilmiyorsunuz. Ailemle vedalaşırken ağlaştık. Uçakta büyük bir gerilim. Fakat insanın biraz da şansı yaver gitmeli. O gün aynı uçakta, çok yakın bir arkadaşımın arkadaşı da vardı ve Emin adlı arkadaşımız beni sakinleştirip havaalanındaki 'sınır geçme' işlerinde yardım etti. Sonrasında yalnızca bir kez daha gördüm Emin'i. O 'sınırlı' saatlerde benim için yaptıklarını ise çeyrek yüzyıldır unutmuyorum. İşte böyle başladı Londra günleri...

Hoca'nın odasına bir buçuk yıl sonra yeniden gittim. "Neredesin sen, uzun süredir görünmüyorsun?" diye sorunca, aylardır hayalini kurduğum Türk filmi repliğini –"bir zamanlar fakir ama onurlu bir genç vardı"– hatırlayarak, "Siz dil öğren dediniz, öğrenip geldim," dedim. Şaşırdı ve sevindi tabii. Birkaç ay sonra açılan yüksek lisans sınavına girdim. Siyaset Bilimi'nde okumaya başladım. Ardından asistanlık sınavı açıldı ve üç kişilik jüri beni kabul etti. 1995 yılının Aralık ayı sonuydu. Heyecanlanmasınlar diye aileme haber vermemiştim. İstanbul'a gidip hepsini bir odaya topladım ve anayasa asistanı olduğumu söyledim. Söylerken duygulandım sanırım, onlar da ağladı.

Okuyacağınız garson hatıraları, Hoca'nın bana "Olmaz" dediği 'an' ile benim kendisinin odasına zafer edasıyla girdiğim 'gün' arasında yaşandı. İnsanlık için küçük, benim için büyük iki anı. Yaklaşık bir buçuk yıllık bir süreci kapsıyor. 1994 yılı ve 1995'in ilk yarısı. Türkiye'nin zor yıllarıydı; hem siyasi hem ekonomik açılardan. Gerçi, Türkiye'nin zor olmayan bir yılı oldu mu, hatırlamıyorum! O yıllarda da kriz vardı, döviz yükseliyordu; henüz doğru dürüst konuşulamayan Kürt sorunu, yine gündemdeydi. Ben o zor ayları, Londra'da ayakta kalmaya çalışarak geçirdim. İngiltere'deyse, Margaret Thatcher'ın hayli uzun süren başbakanlığı sona ermiş, Muhafazakâr Parti'den bir başka siyasetçi ve önceki dönemin Dışişleri Bakanı John Major başbakanlık koltuğunda oturmuştu. Ülke, Thatcher'ın neo-liberalizminin açtığı yaraları sarmaktan henüz uzaktı.

Türkiye'ye dönüp asistan olduktan yaklaşık yirmi iki yıl sonra, burada anlatılmasına hiç gerek olmayan, çoğu okuyucunun bildiğini tahmin ettiğim olayların ardından işimden edildim. O güne dek *Diken* adlı internet gazetesinde yazıyordum. İşsiz kalınca, *Gazete Duvar*'ın yayın yönetmeni sevgili Ali Duran Topuz, *Duvar*'da da yazabileceğimi söyledi, kabul ettim. Yine Ali'nin teklifiyle arada bir garsonluk anısı anlatmaya karar verdim. Duvar'daki ilk yazımı, içinde hem Londra hem Ankara olan bir hikâyeden seçtim. Devamı geldi. Duvar'da Salı günleri kaleme aldığım ufak tefek konuların ve garsonluk hatıralarının bu güne dek yazdığım anayasa ve siyaset yazılarından daha çok ilgi görmesine üzülsem mi sevinsem mi bilemiyorum doğrusu!

Kuşkusuz son derece matrak bir durum benim alanımda çalışan biri açısından. Fakat bir o kadar da hoş doğrusu ve okuyacağınız yazıların anayasa yazılarından daha 'çekici' bulunması, takdir edersiniz ki, eşyanın tabiatı gereği. Aylar sonra bir gün, sevgili Murat Menteş aradı. Garsonluk serüveninin yayınlanabileceğini, eğer istersem konu üzerine düşünebileceklerini söyledi. Önce şaşırsam da, bir süre sonra hoşuma gitti doğrusu bu ihtimal. Garsonluk günlerini kitaplaştırmaya karar verince, *Duvar*'da yayınlanmış yazıların tümünü bir kez daha gözden geçirip ufak tefek değişiklikler yaptım. Murat Menteş'in editoryal desteğinden çok yararlandım. Son okumayı, Yayınevi'nden Nimet Kirşan yaptı. April Yayıncılık çalışanlarına ve Nimet Kirşan'a çok teşekkür ederim. Kitap kapağını, çizimlerini yıllardır hayranlıkla takip ettiğim Aydan Çelik'in yapmasını çok istedim ve değerli Aydan Çelik beni kırmadı sağolsun. Ali Duran Topuz'a, Murat Menteş'e ve Aydan Çelik'e teşekkürden fazlasını borçluyum.

Okuyacaklarınız çok mu özgün hikâyeler? Sanmam. Hemen herkesin yaşayabileceği türden. *Gazete Duvar*'da yayınlandıklarında ilgi çekmesinin nedeni herhâlde sıradanlıkları oldu. Özellikle yurtdışına giden ve aynı koşullarda ayakta kalmaya çalışan herkesin başına gelebilir böyle şeyler. Ancak dedim ya, bazıları da yalnızca sizin başınıza geliyor işte ve onlar da sizi siz yapıyor.

Hayat tuhaf! Çeyrek yüzyıl önce akademi hayalleri kuran genç bir adamın yaşadığı maceranın bir kısmını şimdi siz okuyacaksınız. Hikâyeleri, hiçbir 'edebî' iddiası olmayan birinin, sıradan anıları ve satırları olarak okursanız sevinirim. Herkes yaşayabilir benzer şeyleri...

Aman efendim Ankara'nın sevilecek nesi varmış. Lafa bak sen!

Anlatacağım Ankara hikâyesi, 1994'ün Ocak ayı başında Londra'da yaşandı. Bir insan birkaç ömür geçirse, belki birinde tecrübe eder. O da belki!

Yılın ilk günleriydi. İngilizce kırık, cepte iki üç hafta idare edecek kadar İngiliz Sterlini. Hayatımda ilk kez uçağa bineceğim ve dünyanın en kozmopolit, zor şehirlerinden birine gideceğim. Kitap ve derslerden biliyorum, fotoğraflardan; hepsi bu. Neden gidiyorum? Çünkü asistanı olmak istediğim kürsünün hocası, "Kırık İngilizce ile mümkün değil buraya girmen," demiş. Eh nasıl öğrenilecek o baş belası fiil çekimleri? Dil kursunda zaman kaybetmeye gerek var mı? Gençlik heyecan ve azmi işte. İngilizce İngiltere'de öğrenilir, o zaman İngiltere'ye gitmeli. Değil mi ki İngiltere, tabii ki Londra olmalı. Ukalalığa bakınız!

İyi de nasıl gidilecek? Nasıl yaşanacak? Komşu kapısı değil ki, Londra'dan söz ediyoruz.

Barbaros Bulvarı'nda bir şirket buldum. İngiltere'de çocuk bakıcılığı ayarlıyor. Başvurup ücreti ödedim, onların aracılığıyla Güney Londra'daki bir dil okuluna kayıt yaptırdım. Artık öğrenci vizesine başvurup gidebilirim. Zannediyorum ki bütün İngiliz aileler çocuklarına bakmam için beni bekliyor! Dedim ya, gençlik işte! Her neyse, ilerleyen haftalarda İngilizlerin ve bu arada Buckingham Sarayı ahalisinin beni beklemediğini fark ettim. Kırıldım da yalan olmasın! Her neyse. Vizeyi aldım ve Ocak ayı başında bir gün, ailemle vedalaşıp Yeşilköy (Atatürk) Havaalanı'na gittim. Uçak heyecanı, sınır kapısı heyecanı, adı Emin olan bir arkadaşın bana tercümanlık yaparak işimi kolaylaştırması...

Heathrow Havaalanı karmaşasında şirket sahibi tarafından karşılandım. Londra'da yaşıyor, kayınvalidesi İngiliz bir kadın. Barbaros Bulvarı'ndaki şirket yazıhanesinden tanıyorum. Gitmeden hemen önce "Bakıcılık bulana dek bir ailenin lokantasında çalışacaksın," demişti. Hemen kabul etmiştim. Akşama doğru arabasıyla yola çıktık. Londra'nın dışında olup ne kadar dışında olduğunu anlayamadığım bir kasabaya vardık. İn cin top oynuyor. Bir eve gittik. Ailenin yanında çalışacağım bir süre. Aile Hint asıllı. O gün bir çocuklarının doğum günü varmış. Anlatılması zor bir baharat kokusu karşıladı kapı eşiğinde. Şirket sahibi, bana Londra'dan bir telefon ve adres vererek ayrıldı. Başarılar diledi. Bir şeye ihtiyaç duyarsam aramamı tembihledi.

Akşamüstü loş bir ışık, baharat kokusu, kırık İngilizceli genç (ben), Hint aksanlı bir ev sahibi, üst kattan çocuk sesleri... Bir evin salonu. Cebimde yaklaşık beş yüz sterlin. Adam bir şeyler soruyor, kısa ve genellikle 'simple present tense'le yanıtlıyorum. Öyle 'perfect'e filan geçecek hâlim yok. Evde kalacağımı düşünüp odaları süzüyorum. İstanbul'u arayıp telefonda ağlayan bizimkilere iyi olduğumu söyledim. Ev sahibi, telefonu kullanabileceğimi ama fazla uzatmamam gerektiğini buyurmuştu. Münasebetsiz. Destan mı anlatacağım! Zaten ilk saatlerim ve ziyadesiyle şaşkınım. Çok zoruma gitmişti adamın tavrı.

Ardından 'sahip' şöyle bir şeyler dedi ve ben 'present tense' dışında kendimi zorlamak istemediğim için(!) "Peki" ile yanıtladım: "Sen pansiyonda kalacaksın, amcam da aynı pansiyonda kalıyor ve onun arabasında çalışacaksın." Adama soru soramıyorum ki bir türlü. Kendi kendime düşünüyorum, yahu 'arabada çalışmak' ne demek; bir deyim herhâlde!

Amca gelene dek biraz dolaşacağımı söyleyerek dışarı çıktım. Sağa sola bakınıyorum, cebimde taşıdığım küçük sözlük ile kelimeleri çözüyorum. Nasıl bir azim, anlatamam! Eve döndüm ve ev sahibiyle sağdan soldan 'konuşamayarak' zaman öldürdük. Derken saat 23.00 sularında 'amca' geldi. İki metre civarında biri. Birlikte pansiyona gitmek için yola koyulduk. Yolda, 'arabada çalışmanın' bir deyim olmadığını fark ettim. Meğer bindiğimiz küçük minibüs bir köfteciymiş. Ayağımın altında patates çuvalı. Ben köfte yapacağım, Amca minibüs penceresinden satacak. Lokanta dedikleri de buymuş. Giderek ilginçleşmeye başladı her şey anlayacağınız!

Pansiyona vardık. Muhterem okuyucu, bu güne dek çok kötü yerlerde kaldım. Hepsi için 'bir yer' ifadesini kullanabilirim. Gittiğimiz pansiyon bu ifadeyi dahi hak etmiyordu inanın. Anlatılması zor kir ve koku. Hiçbir yere dokunmak gelmez insanın içinden. Peki ne yaparsınız? Adamların her söylediğine 'evet' diyor, bir türlü 'present perfect continious tense'e geçemiyorum. Eğitimsizliğin gözü kör olsun. Ve bir sürpriz daha! Benim odanın anahtarı kırılmış. Hoppala. Yarına dek tamiri mümkün olmadığından Amca'yla aynı odada kalacağım. Yine peki! Amca yatağında uyurken ben yer yatağındayım. Hadi o da mesele değil de üç temel sorun var: Birincisi, Amca'nın pek de estetik olmayan ayak parmaklarıyla benim aramda yeterli mesafe olmaması. İkincisi, Amca'nın ot çekmesi ve Fatih'te doğup Rami'de büyümüş birine sürekli olarak "Sen de ister misin?"

demesi. Üçüncüsü, pansiyonun kıdemli delisi olduğunu fark ettiğim bir adamın saat başı kapımızı açıp "Çay içer misiniz?" deyişi. Hakikaten saat başı kapıyı çalıp çay içip içmeyeceğimizi sordu biri ve amca uyuduğu için ben muhatap oldum. Fakat çok zarifti Allah için, yine her seferinde teşekkür ederek kapıyı kapatıp alt kata indi!

İngiltere'ye gelişimin sekizinci saatinde, kararımı verdim. Sabah, kimse uyanmadan kaçacağım ve o adresi bulacağım. İyi de şekerim nasıl yapacaksın bu işi? Kaçmak için de dil gerekiyor. 'Simple tense' yeter mi? Denemek gerek. Ayakkabılarım yanımda, üzerimdekilerle arada bir gömlek cebime sokuşturduğum parayı yoklayarak, gözümü kırpmadan günün ışımasını bekledim. Amca'nın horultusu 'past perfect' tonundaydı! "Ne demek bu?" demeyin, anlatması çok güç!

Sabah, hiç kimse uyanmadan ayakkabılarımı elime alıp merdivenlerden indim. O rezil binaya, bina muamelesi yapmak için sanırım bir de merdiven inşa etmişler! Kapıya çıktım. Gün henüz ışıyordu. Bilen bilir, bu tip kasabalar gündüz vakti dahi ıssızdır. Bina önündeki kaldırımda sağa sola bakıyorum. Nereye ve nasıl gideceğim konusunda hiçbir fikrim yok. Soracak insan da yok. Tabii birileri uyanıp "Nereye gidiyorsun?" diye sorsa, verecek yanıtım yok. "No" diyerek ters yöne koşmayı planlıyorum! O şartlarda öyle ikinci bir cümleyle filan uğraşılmaz. Yaşamımda pek nadir böylesi bir çaresizlik hissi yaşadım. Hangi yöne yürüyeceğimi bile bilmiyorum.

Tam o sırada epey uzaktan bir kamyonetin yaklaştığını gördüm. Benim dışımda hareket eden, yalnızca o kamyonetti. Ve hayatımda ilk kez, kendimi yola atıp kollarımı kaldırdım, kamyoneti durdurmak için! Düşünün, o hâlde olduğunuz yetmiyor bir de yol kesiyorsunuz. Üstelik İngiltere'de! İnsanın can havliyle yapmayacağı hiçbir şey olmadığını da anlamış oldum böylece. Kamyonet yaklaştıkça, kasasının üzerinde hamburger fotoğrafları olduğunu fark ettim. Önümde durmak zorunda kaldı. Sürücü aşağıya indi. Orta boylu, bıyıklı, esmer bir erkek. İngilizce, ne istediğimi sordu. Telaşla elimdeki kâğıdı gösterip "Bu adrese nasıl gidebilirim?" gibi bir şeyler geveliyorum. Hangi zaman kipini kullandığımı da bilmiyorum pek. Zaman, 'tense' zamanı değil zira! Adamcağız da bana bir şeyler söylemeye çalışıyor benimkinden de kırık dökük cümlelerle. Üç beş saniye sonra yüzüme baktı ve "Nerelisin?" diye sordu. İngilizce en hızlı sarf edebildiğim cümleyi kurdum: "From Turkey." Bıyıklı adam, yüzünde koca bir gülümsemeyle kollarını açtı ve şöyle dedi: "Hemşerim şöyle desene, vallahi tahmin ettim, ben de Keçiörenliyim!" Oralarda hiç Türk yokmuş, lokantalara donmuş köfte dağıtıyormuş Keçiörenli abimiz!

Nasıl anlatabilirim ki bu duyguyu size. Büyük çaresizlik içinde, hâlâ hatırlatıldıkça aynı hayret duygusunu yaşamama neden olan mucizevi bir tesadüf. Adamcağızla sarıldık, "Lütfen kurtarın beni buradan," dedim ve gün boyu diğer kasabalara uğrayıp birlikte köfte dağıtarak akşamı ettik. Keçiörenli, Londra merkezinde bir taksi durağına bıraktı beni. Taksi durağında bir kahve vardı. İçeri girdiğimde çok tanıdık bir ses işittim ve alacakaranlık kuşağında olduğum hissi yaşadım. TV'de Tarık Tarcan, çark çeviriyordu; o meşhur, bir kuşağın iyi bildiği müzik eşliğinde. Biraz oturduktan sonra bir taksi beni aldı ve işte maceralı yirmi dört saatin sonunda, uzun zaman geçireceğim şehir merkezine böylece varmış oldum. Keçiörenli sayesinde.

'Neden Ankara'yı seviyorsun?' diye soruyorlar.

Hadi sevmeyin bakalım...

Gurbet elde bir iş bulma hikâyesi

Londra'daki ilk yirmi dört saatin sonunda, Keçiörenli beni Londra'nın merkezinde bir yerlere bırakmıştı sağolsun ve aylarımı geçireceğim ilk evime, pansiyonuma varmıştım.

Pansiyon, Türkiye'deki şirket sahibi kadının kayınvalidesinin. Kız kardeşiyle birlikte yaşıyorlar. O sırada ikisi de yetmiş yaşının üzerinde. Son derece tuhaf bir ikili. Sabahın köründe uyanıp bir torbada biriktirdikleri bozuk paraları sayarlardı.

İki katlı, çok güzel bir ev. Beş - altı odası var. Genişçe salonun bir köşesinde kullanılmayan bir şömine. Ev sahipleriyle, odalarda kalanların birlikte kullanabildikleri ortak, şık bir oda. Sonrasında kalacağım küçücük oda, çamaşır ipli arka bahçeye bakıyor. Briketli diğer evlerin küçük bahçelerine. Ancak bu odada biri kalıyor o sırada, bir hafta sonra ayrılacakmış. Nerede uyuyacağım peki o bir hafta boyunca? Bütün odalar dolu ne yazık ki ancak bir başka büyükçe odada kalan ve dünyanın çeşitli denizlerinde, gemilerde çalışmış epey maceracı bir Türk genci, üç beş güne ayrılacağını, onun odasında idare edebileceğimi söyledi. İyi bir adamdı, sağolsun. O iyi adam tam bir hafta boyunca bana, çıktığım yolun son derece 'riksli' olduğunu söyledi.

Yanlış yazmadım, 'riksli' buluyordu beş parasız Londra'ya gelişimi. Hiç düzeltmedim sözcüğün telaffuzunu; adam tercihimin 'riks' taşıdığını düşünüyorsa, o 'riks' olmalı diyerek! Sonuçta Türkçe dersinde değildik.

Bir hafta sonra, dokuz ay yaşayacağım 'küçük odaya' geçtim. O gün bugündür bayılırım küçük odalara. Mülkiye'deki odam da küçüktü. Güzeldir odanın küçüğü, her santimine sahip çıkarsın. O küçük odadaki en iyi arkadaşım bir cep televizyonu. Şimdiki cep telefonu ekranlarından daha küçük bir ekranı vardı. Akşamları yatağın içinde mutlaka bir dizi seyredilir, hiçbir şey anlaşılmaz, kulak dolgunluğu kazanıldığı hissi ve '*İyi ki gelmişim bak, bir şey anlamıyorum ama zamanla olur diyorlar*' moraliyle uyunur! İngilizlerin ne denli başarılı işler yaptığını, dizilerini, filmlerini, belgesellerini de o odada, minik televizyon ekranında keşfettim. Adını anmadan geçemem, seyrettiğim en şahane dizi *Fawlty Towers* adlı komediydi. Yirmi - yirmi beş dakika süren ve başrolünde John Cleese'in oynadığı, karı koca pansiyon (küçük otel) işleten bir çiftin ve çalışanlarının günlük öykülerini anlatan müthiş bir yapım. İnternette var, haberiniz olsun, ola ki merak eden çıkar...

Dil okulu. Evden on beş dakika uzaklıkta. Arada, Clapham Park. Kocaman, yemyeşil bir alan. Biri de çıkıp dememiş ki "Bu kadar yeşillik çok, şuraya bir AVM'yle rezidans dikelim!" Farkındasınızdır, şimdilerde Türkiye'de yeşil alanları yok edip büyük siteler inşa ediyorlar ve sitedeki sevimsiz büyük blokların arasına saksıda çiçek yerleştirerek, "yeşillikler içinde" nevi sloganlarla satışa çıkarıyorlar. Bu ayıp yetmezmiş gibi, dikkat ettiyseniz eğer, o heyulaların reklamlarında genellikle Kayseri'nin Stockholm kazasından olduğunu tahmin ettiğim, sarı saçlı ve renkli gözlü gülümseyen insan fotoğrafları kullanılıyor. Çünkü vizyon sahibi müteahhit ve pazarlamacılarımız var!

Dil okulu, sabah dokuz ila on iki arası, haftada on beş saat sürüyordu. Tam zamanlı öğrenci kabul edilmek için gerekli bir zaman. Her sabah kursa gidip ardından, şirketten iş bulunduğuna dair haber bekliyorum. Aklım hâlâ çocuk bakıcılığında ama olmayacak sanki. Yanımda götürdüğüm para bitmek üzere. Kurs sonrası, yaşamında ilk kez yurtdışına çıkmış biri olarak dolaşıp duruyorum şehrin sokaklarında, parklarında, bedava müzelerinde, köprülerinde. Bir de bisiklet buldum günümü daha da ucuzlatmak için, lambası ve ön freni olmayan. Onu da yaza doğru bir metro istasyonunun önünden çaldılar. O kadar yeni ve güzel bisikletin arasından, benimkini götürmüşler. Tabii ucuz bisikletin kilidi de ucuz oluyor! Hiç olmazsa biraz halkçı bir hırsız bekliyor insan, ama ne gezer!

Bir ay geçmişti ki şirketten aradılar. Aile bulamıyorlarmış. Başımın çaresine bakmalıymışım. Hoppala! Aslında bu arada Türkiyeli bir aile ile görüştüm. Eşinden ayrılmış bir kadın, yedi sekiz yaşlarında bir çocuk ve Karagümrüklü bir anneanne. Mülakatta çocukla çok iyi anlaşmama rağmen, tahmin ediyorum anneannenin muhalefeti nedeniyle işe alınmadım. İlk ve son çocuk bakıcılığı görüşmem de bu oldu.

Peki 'simple tense' ile Londra'da nasıl bakılır ki bir başın çaresine. Ya döneceğim ya bir iş bulacağım. Dönmek ne demek, ne saçma düşünce; daha gidip asistanlık sınavına gireceğim, işim gücüm var. Çare? İş bulmalı. Çarşı pazarda çalışan arkadaşlar var ama o işin kötü yanı, sürekli soğuktasın ve bir de yemek harcaması. Hem sıcak ortam hem yemek sağlayabilecek bir iş gerekli. Garsonluk bulmalıyım. Nerede, nasıl, kim alır? 1991'de İstanbul'da bir sinemada büfecilik yaparak geçirmiştim bir yaz tatilini ama büfede çalışıp çay, kahve, krep yapmak başka, garsonluk başka. Bir de hangi dille iş bakacağım. Kolayı var. Üç cümle ezberlenip yola çıkılır. Bir, öğrenciyim. İki, iş bakıyorum. Üç, elemana ihtiyacınız var mı? Dördüncü? O zor işte! Sohbet biraz ilerleyince hayatı sorgulamaya başlıyorum, öyle bunaltıcı bir durum. Yaklaşık bir hafta boyunca onlarca pub ve lokantaya girip bu üç cümleyi kurdum. Dördüncüde tıkandığım için hepsi "Ne yazık ki hayır," yanıtını veriyor tabii. Adamlar haklı; pubta dilsiz nasıl çalışacaksın, insanlar sohbete geliyorlar. Umut kesmek yok. Bu arada sokaklarda gezmeye devam ediyorum hız kesmeden. Cebimde o küçük sözlük. Kurstan arkadaş da edindim. Dersten sonra yandaki Cezayirli'nin mini lokantasına gidip bir şeyler atıştırıyoruz. Bu lokanta ve o Cezayirli çok önemli benim için, ayrıca anlatacağım.

Garip bir biçimde, kursun hemen karşısında olağanüstü güzellikteki üç katlı tarihi yapıya hiç girmemiştim o güne dek. Fazla havalı görünen bir Fransız lokantasıydı. Adını vermeyeyim, reklam olmasın! Bir öğle sonrası gittim. Kısa boylu, esmer, hareketli görünen ve bembeyaz dişleriyle gülümseyen bir adam. Ne istediğimi sordu. Üç cümleyi hızla kurdum ama adamcağız soru sormaya başlayınca yine... Nereli olduğumu merak etti ve bir çırpıda kurabildiğim dördüncü cümleyi ("from Turkey") duyunca gözleri parladı. "Gel biraz konuşalım," diyerek köşedeki iskemleye buyur etti. "Gel" çağrısı çok güzel de, mesele "konuşalım" talebinde. Gönül istiyor ki hiç konuşmadan versin işi!

Sorular yöneltiyor, yanıtlamaya çalışıyorum. Ne de olsa bir ay olmuş geleli, iki cümle daha kıvıracak hâldeyim. Sevinmesinin nedeni, Mısırlı olmasıymış. Müslüman olduğunu, lokantayı karısı ile birlikte işlettiğini, kızlarının okuduğunu, artık işi bırakmak istediğini, bırakmadan önce Kâbe'yi ziyaret edeceğini filan anlattı. Araya girip bir şeyler söylemek istiyor ama kuracağım cümle için gerekli 'tense'i hatırlayamayınca, hadi efendilik bende kalsın diyerek vazgeçiyorum! Durumumu anlattığımda(!), "Eşimle konuşayım, evet derse gel başla," deyiverdi. Nasıl bir mutluluk anlatamam. Uçarcasına çıktım lokantadan, bir ikinci el dükkânına gidip kalan paramla siyah pantolon, siyah yelek, beyaz gömlek, siyah papyon ve siyah ayakkabı aldım. Hepsi bir torbada, akşamı zor ettim.

Hava kararmak üzere ki o mevsimde zaten pek aydınlık olmuyordu. Büyük bir heyecanla gidip girdim içeri. Güleç Mısırlı, Muhammed V. Gabr, hiç gülümsemeden beni üst kata davet etti. Elim ayağım titriyor tatsız bir şey söyleyecek diye. Nitekim öyle oldu. Eşiyle konuştuğunu, deneyimsiz birini istemediklerini söyledi. Yığılıp kalacağım orada. Şekerim, öğle vakti geldiğimde deneyimli miydim ki, neden ümit veriyorsun o zaman! Muhterem okur, insanın yaşamında bazı dönüm noktaları olur ya, işte benimkilerden biri de o andı sanırım. Teşekkür ederek dönüp çıkabilirdim. Buna mukabil öylesine ihtiyacım var ki bir işe, gitmek istemiyorum. Birbirimize bakıyoruz. Bir şeyler oldu bana ve olağan koşullarda asla kuramayacağım üç beş cümle döküldü dudaklarımdan. Zamanlar ve fiil çekimlerine hiç aldırmadan, "Bak (Look!), ben çok hızlı öğrenirim, eğer bir hafta içinde başaramazsam giderim merak etme," gibi bir şeyler geveledim. Zorda kalan insandan korkulur! Adamcağız koca bir kahkaha attı ve "Tamam gel başla o zaman," dedi. İş bulmuştum! Eh o kadar ukalalıktan sonra artık başarmak zorundayım. Aman canım, yemekleri masaya getirmek ne kadar zor olabilir ki diye düşünüyorum. Toyluk işte!

Böyle başladı garsonluk macerası. Neler yaşandı o ve diğer lokantalarda... Ne öğretici, ne güzel ve ne berbat hatıralar.

Siyah pantolon, siyah yelek, siyah papyon, siyah ayakkabı, beyaz gömlek. Pantolonun kemerinden diz kapağına uzanan genişçe beyaz örtü. Türkiye'ye dönmek zorunda kalacakmışım çocuk bakıcılığı bulunamadı, şirket üçkâğıtçı çıktı diye, öyle mi? Hadi canım sen de!

Well done, 'iyi pişmiş' demekmiş meğer

İlk mekânım, küçük bir semtin üç katlı ama küçücük ve pahalı Fransız lokantası. Hafta içi pek dolmazdı. Cuma ve Cumartesi günleri diğer lokanta ve publar gibi dolup taşıyor, boş yer kalmıyordu. Bazen partiler veriliyor, o zaman üst kat da şenleniyordu. Her yeri ahşap, eski ve hakikaten çok güzel bir yapıydı. Eski bir ahşap kapı, altı yedi masalı ilk kat, salonun bir köşesinde sevimli bir bar, barın hemen arkasında bardakların yıkandığı lavabo ve mutfağa açılan kanatlı kapı. İkinci kat iki odalıydı ve tümü ahşaptı. Sonuncusu, tek odalı ve küçücük pencereli sevimli bir çatı katıydı. Patron orada dinlenip televizyon seyrediyordu.

Aslına bakarsanız garsonluğun temel ilkelerini(!) bir ay gibi bir sürede öğreniyor insan. Sonrası, hep aynı şeylerin tekrarı. Ancak işin incelikleri, müşteri idare etmeyi başarmak, salona hâkim olmak ve her gün yeni bir insan tipiyle karşılaşmak, hiç bitmeyen bir süreç. Bazı lokantalar abartsa, bazıları daha makul de olsa tümünün ortak tavrı, doğal olarak müşteriye kendisini iyi hissettirmek için gerekli her şeyin yapılması yönündeki kararlılıklarıydı. Kuşkusuz, biri lokantaya gittiğinde iyi muamele görüp oradan memnun ayrılmak ister, buraya kadar sorun yok. Ancak bazı patronların, "Müşteri kendisini kral ve kraliçe gibi hissetmeli," tavır ve talimatına anlam vermek, buna tahammül etmek çok zordu. Adam sıradan bir İngiliz. Diğer sıradan insanlarla birlikte bir akşam yemeği için gelmiş ve İngiliz Kraliyet Ailesi mensubu olduğunu da düşünmüyor. Zaten düşünse, bizim lokantaya gelmez. Aman Allah'ım; kapıda karşılamalar, gereksiz iltifatlar, paltolarını tutarak uğurlamalar...

Yemek listelerinden birini eve götürüyor, bütün yemeklerin adını ezberlemeye çalışıyordum. Yemeklere, baharata vs. dair dil bilgisinin tamamını lokantalara borçluyum. Zaten oraya gidiş amacım dil okumak olduğu için her şeyi fırsata çevirmeye çalışıyordum ve liste okumaları da bu kapsamdaydı.

'Okumak' deyince aklıma geldi, şunu mutlaka anlatmalıyım: İlk yazıda söz ettiğim 'Keçiörenli ile karşılaşma mucizesini' yaşamadan saatler önce, yani İngiltere'ye vardıktan yalnızca birkaç saat sonra, akşam yemeğine dek zaman geçirmek ve biraz çevreyi tanımak maksadıyla yürüyüşe çıktım. Bilen bilir, bu tip kasabalarda, hele ki akşama doğru in cin top oynar. Diş fırçası ve yiyecek bir şeyler almak için süpermarkete girdim. Raflar arasında dolaşarak atıştırmalık arıyorum. 'İri poğaça' diyebileceğim, sarımtırak bir şey gördüm ve fiyatını da takdir edip satın aldım! Üzerinde ıvır zıvır olduğunu tahmin ettiğim karınca duası gibi yazılar var ama hem vakit kaybetmek istemiyorum hem de tam olarak anlamıyorum. Sokaklar arasında dolaşıp elimdeki küçük sözlükle haşır neşir olurken, bir yandan da o berbat şeyi yemeye çalıştım. Fakat böyle anlarda, demek ki bunu yiyor adamlar, nevi bir ön kabul oluyor insanda ister istemez. "Tadı kötü fakat sağlıklı bir şeye benziyor," filan diye ikna ediyorum kendimi. Yaklaşık dokuz on ay sonra, artık gurbet ellerin kurdu olmuşken, girdiğim bir markette aynı gıda maddesini görüp zamanında gereksiz bulduğum satırları okudum. Aşağılarda bir yerde, “Şu kadar derecede yirmi dakika pişirin,” gibi bir uyarı vardı! Anlayacağınız, ‘Adamlar bunu yemiyor’ imiş, ben çiğ çiğ yemişim. Cehaletin gözü kör olsun!

Dönelim lokanta diline. Listeyi istediğiniz kadar ezberleyin, nasıl yapıldığını da az çok bilmek ve yemeğin pişmiş hâlini en az birkaç kez görmek zorundasınız. Hem düzgün servis etmek hem de meraklı müşteriye anlatabilmek için. Kimi müşteri hazırlanışını merak ederdi ne yazık ki! Uzun uzun sorardı. Bildiğiniz kadarını anlatırsınız, kalanını da kendiniz yazarsınız! Şekerim, yemeğin her şeyini bilsem mutfakta olurum, ne diye sıkboğaz ediyorsun, diye serzenişte bulunursunuz içinizden. Garsonluk mesleğinde bu tür ‘yaratıcı’ çözümler bulmak gerekiyordu. Misal, siparişleri aldınız ama olur ya birini eksik ilettiniz mutfağa ve bunu on beş dakika sonra fark ettiniz. Bütün yemekleri aynı anda getirmek zorundasınız! Müşteri şikâyetçi gözlerle bakmaya başlar bir süre sonra. Önce biraz görmezden gelirsiniz ve masadan uzaklaşarak zaman kazanmaya çalışırsınız. O meşhur el hareketiyle masaya çağrıldığınızda, “Tabii, hemen bakıyorum efendim,” dersiniz ve nedenini bildiğiniz gecikmeyi öğrenmek istiyormuş numarası yaparak mutfağa yönelir, bir iki dakika daha oyalarsınız. İkinci kez masanın başına gittiğinizde en kullanışlı yalan, “Fırında bir arıza (ya da mutfakta küçük bir sorun) var, hemen geliyor efendim,” olur. Bu da birkaç dakika kazandırır ve sonunda sorun çözülür. Kuşkusuz, fazladan sevimlilik yapmak zorunda kalırsınız yemekleri müşterinin önüne koyarken, çare yok!

Müşteriyi güler yüzle karşılama, rezervasyonunuz var mı sorusunu yöneltme, yoksa uygun masaya buyur etme, içecek ve yiyecek siparişini alma, mutfağa iletme, servis, tatlı ve kahve, bazen peynir tabağı, uğurlama ve bahşiş bırakıp bırakmadığına bakıp arkasından, iyi ya da kötü anma! Unutmayınız, bahşiş önemlidir. Garsonu mutlu edersiniz, memnun olduğunuzu gösterirsiniz ve emin olun sizin durumunuz onunkinden iyidir. Her garson, düzgün bahşiş bırakmayana sinirlenir ve bir sonraki buluşmada ona göre muamele eder. Siz bilirsiniz.

Bir de tabii, 'lütfen' ve 'teşekkür ederim' ifadeleri. İlk paragrafta, Türkiye'deki garsonlar kim bilir neler çekiyor, demiştim ya, işte o mevzu. Dilin ve davranışın parçası bunlar. Ben garsonlara nasıl davranılması gerektiğini ve Türkiye halkının bu konularda ne denli vahim durumda olduğunu Londra'da fark ettim. Vahametin çok önemli bir nedeni, her zaman altını çizmeye çalıştığım, karşıdakini 'eşit kabul etmeme' sorunundan kaynaklanıyor. Bir İngiliz de eşitlik duygusunu içselleştirememiş ya da o sınıfsal ayrımın farkında olabilir elbette. Buna mukabil, garsonlara asgari nezaket gösterirlerdi ve onların farklı meslek icra eden 'yurttaşlar' olduklarını hissettirirlerdi. Hatta bazen abartarak teşekkür ettikleri de oluyordu. Türkiye'deyse ortalama bir lokanta müşterisi, garson yokmuş gibi davranır. Akıl almaz bir durum bu. Konuşmaz, teşekkür etmez, 'lütfen' demez, vesaire. Türkiye'de lokantaya gitmek, hele ki alışık olmadığınız bir mekânsa, pek çok açıdan eziyet aslına bakılırsa ancak beni en çok rahatsız eden ve sinirlendiren şey, müşterilerin garsonları görmezden gelmeleri. Garson hem alt sınıftır hem de zaten işini yapmaktadır, hâliyle teşekküre ne hacet! Dikkat edin, biraz özenle izleyin sözünü ettiğim muameleyi; hiç kuşkunuz olmasın, siz de çok ama çok rahatsız olacaksınız bu durumdan.

Örneğin, garsonun adını merak edebilirsiniz. Hâl hatır sorabilirsiniz. Ama öyle tepeden bakarak değil, sanki normal insanmışsınız gibi yapabilirsiniz bunu! Sıklıkla teşekkür edip bir şey istediğinizde 'rica' edebilirisiniz, misal. Garson sizin köleniz değil. Servis yapıyorlar yalnızca ve unutmayın, sizler o garsonun o gün karşılaştığı bilmem kaçıncı müşterisiniz. Hani kendinizi çok beğeniyor ve önemsiyorsunuz ya, işte siz gelinceye dek kendini çok önemseyen ve en az sizin kadar beğenen onlarca insanla uğraşmış oluyor garsonlar. Bir de mümkünse laubali davranmayın, canım cicim demeyin, çünkü sizin ciciniz değiller. Saygılı bir üslûpla iletişim kurmanızı hararetle öneririm.

Laubalilik deyince, bir hatıra daha farz oldu şimdi! Son işyerim son derece şöhretli bir Türk lokantasıydı. Daha sonra anlatacağım burayı. Ayıptır söylemesi artık üst düzey bir garsondum ve müessesede büyük itibarım vardı! Bir garson, lokanta her ne kadar gece on bir, on iki gibi kapanacak olsa da, geç saatte gelen her müşteriye gıcık olur. Çünkü en az iki saatinizin daha gittiğini bilirsiniz. Bir de, o saatte yemek nedir Allah aşkına! Her neyse, geç saatte Türkiye'den kalabalık bir müşteri grubu geldi. Lokanta şehir merkezinde çok güzel bir mahalledeydi ve müşterisi büyük ölçüde yabancılardı ve kimi Türk turistler lokantanın adını duydukları için geliyorlardı. Üç günlüğüne Londra'ya gel, canın mercimek çorbası çeksin ve canın o çorbayı gecenin köründe çeksin! Bu nasıl bir duygudur, hiçbir zaman anlamadım. Yahu yirmi dört saat sonra memleketindesin zaten, git Sirkeci'de iç çorbanı. Hayır, illa Londra'da yiyip içecek ve dönünce, feşmekan lokantasına da gittiklerini söyleyecekler. Yedi - sekiz kişilik grup, gürültüyle geldi, kahkahalarla masaya kuruldu ve hâlâ hatırladığım sevimsiz dazlak 'oymak başları' beni masaya çağırdı, "Güzelim bakabilir misin?" diyerek! Ben nereden senin güzelin oluyorum acep? "Ya sabır," diyerek ve tabii ki gülümseyerek masalarına gittim. Her birinin elinde bir liste, yemek seçiyorlar. Sonunda sevimsiz oymak başı mealen şöyle bir şey söyledi: "Sen bu mezelerin hepsinden az az getir ama fazla girmesin bize! Şimdi bu durumda söyleyecek çok şey geliyor insanın aklına ama garsonsunuz ve ne yazık ki dazlak oymak başına, "Merak etmeyin, girmemesi için çaba harcarım," diyemiyorsunuz. Muhterem okur, böyle şeyler yapmayın, söylemeyin garsonlara. Çok sinir bozucu olursunuz. Tabii, 'sen' meselesine hiç girmiyorum. 'Sen' kim oluyorsun ki bana 'sen' diyorsun?! Ama memlekette herkes herkese 'sen' deme eğiliminde olduğu için, böylesi hadsizliklere ister istemez alışıp katlanıyorsunuz. Garsonsunuz nihayetinde ve yürüyen bir hıyardan nezaket beklemeyecek kadar yaşamışsınız. Kimler kimler, ne Türk büyükleri geldi o lokantaya ve ne acayip tecrübeler yaşandı, hiç sormayın!

Fazla uzatmadan başlığa geleyim. Garsonluk macerasının ilk zamanlarında en büyük endişelerimden biri, müşteriyi yanlış anlama ihtimaliydi. Bazen hakikaten son derece matrak şeyler geliyordu başıma. Misal, bir gün telefonla rezervasyon yaptıran yaşlı erkek sesi, "İki küçük insan için masa," istemişti. "Peki" diyerek kapadım telefonu. İyi de iki küçük insan ne demek? İki çocukla mı gelecekler? İki çocuk tek başına gelecek değil ya. Offf yine mi yanlış anladım bir şeyleri! Ne olur ne olmaz diyerek iki kişilik masaya, iki de çocuk koltuğu yerleştirdim. Akşam, kadın ve erkek, iki yaşlı insan geldi ve teşekkür ederek masaya yerleşti. Adam, 'iki küçük insan' derken kendilerini kastediyormuş iyi mi! Mesleğini sordum, felsefe hocası olduğunu söyledi! Canım abim, sen felsefecisin ancak ben garsonum, bu eziyet neden! Patron da, o çocuk sandalyelerine neden ihtiyaç duyduğumu soruyor. İşin yoksa, geldiğin 'tense' düzeyinde olup biteni anlat bakalım!

Her neyse, servis esnasında yanlış anlamaların önüne geçmek için küçük bir sözlüğü sürekli barın arkasında tutuyordum ve gerektiğinde hızla bakıp durumu toparlıyordum. İlk günlerde bir grup geldi. Siparişlerini alıyorum. İki kişi et istedi ve bir kadın, siparişinin ardından "well done" diyerek gülümsedi. Bir yandan mutfağa yürüyor, diğer yandan "Bu kadın ne diye aferin dedi bana?" diye düşünüyorum. Hemen sözlüğe baktım ve o küçük sözlükte de 'well done' karşısında 'aferin' yazıyordu. Servisi çok beğendi desem, daha yapmadım. Beni sevmiş olsa, neden aferin desin. Neyi beğenmiş olabilir ki?! Herhâlde "Hadi aslanım," gibi bir şeyler söylemek istedi diye düşünüyorum. Fakat o da makul gelmiyor. Aman canım beğendi işte bir şeyleri, sağolsun diyerek yemekleri getirdim. Kadın, birkaç dakika sonra çağırıp eti göstererek "Well done değil bu," deyiverdi. Tabii o esnada "Biraz önce beni öve öve bitiremiyordun, şimdi ne oldu, ne değişti?" diye soramıyorsunuz! Etle ilgili olduğunu anladım hâliyle. "O zaman ben onu götüreyim," diyerek mutfağa koştum ve telaşla durumu anlattım aşçılarımıza. Aman efendim bir gülmeler, bir şakalar, bütün akşam devam eden müstehzi tavırlar. Meğer, well done, 'iyi pişmiş' demekmiş. Neden dilde, çok pişmiş ile aferin için aynı kelimeler kullanılsın ki? İşte bunlar hep tecrübe, hep dilbilgisi değerli okur...

Parmağını ıslatıp lavaboyu ovan Alman kadın

Anlatacaklarım benim yaşadıklarım olsa da, aynı koşulları tecrübe etmiş sayısız insanın benzer anıları olduğunu tahmin edebiliyorum. Tabii yalnızca 'yaşamış' olanlara değil, 'gitme' niyeti olup 'yaşayacaklara da' bir şeyler söyler belki, ufak tefek garsonluk hatıraları.

Gündüz okul, akşam lokanta. Okul, Güney Londra'da ve çok güzel, dört katlı eski bir binadaydı. Zemin katta, çay kahve ve sigara içiliyordu. O zaman iç mekânda sigara içilebiliyor ama o parayı verip sigara alabiliyorsan tabii. Malumunuz, Avrupa'da sigara çok ama çok pahalı. Aylar sonra bir gün, bizim Bülent ve İlker'den koskoca bir sarı zarfın içinde yaklaşık otuz paket *Birinci* sigarası gelmişti de, nasıl sevinmiştim zehirleneceğim için anlatamam. Sersemlik işte!

İlk lokanta, tam okulun karşısındaki üç katlı nefis bina. Fransız lokantası. Günlerce her yerde aradıktan sonra okul karşısında iş bulmak ilginç bir rastlantı olmuştu. Okulda, çocuk bakıcılığı yapan kadın öğrenciler çoğunlukta. Bir kısmının hâli vakti yerinde, çalışmak zorunda değiller. Bir kısmı da çarşı pazar, hamburgerci gibi yerlerde çalışıyor. Garsonluk, bulunabilecek en iyi işlerden biri. Her şeyden evvel karnın doyuyor ve sıcak bir yerdesin. Açık pazarlarda çalışanlar sürekli hasta oluyordu. Ayazı bir felaketti şehrin. Bir de tabii okulda öğrenmeye çalışılan 'dili' parlatmak için garsonluk yapmak bulunmaz bir nimetti. Sürekli müşteriyle karşı karşıyasın ve neyse ki İngilizler garsonla sohbeti seviyor. Gerçi bir süre sonra hep aynı şeyler konuşuluyor ama yine de hiç yoktan iyidir.

Patron bir Mısırlı'ydı. Kesinlikle kötü bir insan değil. Kesinlikle iyi bir insan da değil. İkisinin ortası. Her ne kadar kırk yıldır Londra'da yaşasa, eşi Alman ve çocukları İngiliz olsa da üzerinden atamadığı ve her fırsatta isteyerek ya da istemeden sergilediği kompleksleri mevcut. Oralıydı ve Fransız lokantası sahibiydi ama oralı değildi işte. Her davranışına sinmişti bu hâl. Üzerinden atamadığı fenalıklarından biri sanırım, şark kurnazı oluşuydu. Şöyle bir pazarlıkla işe aldı beni: Haftada doksan sterlin verecek, tek başına çalışacağım ama ilk zamanlarda ve kalabalık günlerde kendisi de yardım edecek. Üç katlı olmasına karşın küçük sayılabilecek bir lokantaydı aslında. Lokantanın mutfak dışı temizliği de bana ait. Üç katlı bir bina, tuvaleti, merdiveni vesaire... Ve işin en vahim yanı şu ki, bahşişleri patron alacaktı! Londra'da dokuz ayrı lokantada çalıştım. Biri Türk, diğer sekizi yabancı mutfaklardı. Yalnızca iki lokantada, akıl almaz bir biçimde, emeğinin karşılığı olan bahşişler garsonlara verilmiyordu. Türk lokantası ve patronu Mısırlı olan Fransız lokantası. Anlayacağınız, 'dinde' güncelleme yapılır mı yapılmaz mı bilemem ancak 'dindarda' bir güncelleme yapılması, hiç fena olmaz!

Mısırlı patron ne dese "Evet" diyorum hâliyle. İki gerekçeyle. İlki, zar zor iş bulmuşum, kaçırmak istemiyorum. Pazarlık gücüm yok! İkinci gerekçem, İngilizce. 'Evet' denildiğinde sorun yok, ola ki 'hayır' demeye kalktığınızda, cümleyi uzatıp gerekçe sıralamak gerekiyor. Doğrusu o kadar zahmetli fiil çekimini hatırlayacak ve yapacak ne zamanım, ne bilgim, ne de gücüm vardı. Haftada doksan sterlin ile başladım. Doksan sterlin ile ne yapılabilir? Çok basit. Her hafta otuz beş sterlin pansiyon odasına, kırk beş sterlin okula veriyordum. Kaldı on sterlin. Ayda kırk eder. Bu da, neredeyse mutlağa yakın açlık ve parasızlık demek. Yıllar sonra, yurtdışına eğitime, doktoraya vesaire giden arkadaşların alacakları bursla geçinip geçinemeyeceklerini hesaplamalarını, hep biraz gülümsemeyle izlemek zorunda kaldım. Ayda 'kırk' sterlin! Şöyle yaşanıyordu:

Markette tespit edebildiğim en lezzetli ve ucuz mamuller 'elmalı pay' ve 'fish finger' idi. Balık parçalarından altı tane vardı kutuda. Elmalı pay, şimdi hatırlamıyorum, ya altı ya dört adet. Bunlar gün içinde enerji veriyor. Okuldan sonra uğradığım ve bir Cezayirli'nin işlettiği kafede çay kahve içiyorum. Hem ucuz bir yer hem de Hişam, hâlden anlayan bir arkadaştı. Tabii, akşamları lokantada çalışanlara (ben ve mutfakta üç kişi) yemek var. Fakat bizim Mısırlı, diğer lokantalardan farklı olarak işten önce değil, işten sonra yemek veriyordu! Yani saat 12'yi geçe. Orada çalıştığım beş buçuk ay boyunca, bir iki hafta dışında verilen yemek, pilav ya da makarnaydı. Dedim ya, adamcağız nereden sömüreceğini bilemez hâldeydi. O saatte pilavı yiyip pansiyona gidince, bir saat kadar uykuya dalmak mümkün olmuyordu tahmin edebileceğiniz gibi. Üç beş kez et yemeği verildiğini hatırlıyorum; o da Ramazan ayındaydı. Müslüman ya bizimki, insafa gelmişti demek ki! Ayrıca bir süre sonra şehirdeki tüm ucuz beslenme ihtimallerini de öğreniyorsunuz zaten. Örneğin, adı sanı bilinen hamburgerciler gibi. Türkiye'deyken prensip olarak karşıydım. Orada, baktım ki en hesaplı beslenme yollardan biri, hemen 'somut durumun somut tahlilini' yaparak, arada bir gitmeye başladım, çare yok!

Tabii şunu ihmal etmemeli: Yalnızca benim lokanta değil, hemen her iş yeri kısmen ya da tamamen kaçak çalışanları aynı şekilde sömürüyordu. Bir İngiliz ya da Fransız'ın saat başı ücreti altı sterlin ise, kaçak işçinin iki buçuk, üçtü. Kaçak işçi, iş bulduğu için mutlu olduğundan bu duruma itiraz edemiyordu. Benim kaçaklığım kısmiydi. Tam zamanlı öğrencilerin haftada on beş saat çalışma izinleri vardı. Ancak on beş saat çalışmayla geçinmek mümkün olmadığı için! Bazen haftada elli saate yakın çalıştığım(ız) oluyordu. Başka türlü düzenli ödemeleri yapmak ve karın doyurmak mümkün değildi. Tabii yalnızca karnı doyması gereken yaratıklar olmadığımız için, olabildiğince fazla saat çalışmak işime de geliyordu. Her an işsiz kalınabilirdi örneğin. İki hafta işsizlik, birikmişin tükenmesi demekti. Bir de tabii tiyatro, sinema, müze, gezme tozma...

Müzelerin bedava olanlarını ilk ayda öğrenmiştim. Sinemam şehir merkezindeydi. Biraz eski filmleri yalnızca 'bir' sterline seyrediyordum. Tiyatro daha pahalıydı ama zaman içinde onun da ucuz yollarını keşfettim. Önceden bilet almak yerine, oyundan hemen önce gidiyor, elinde bilet kalanlardan ve son anda satılanlardan alıyordum. Onlarca oyunu ve müzikali, biri hariç (ki bu birini anlatacağım!), bilmem kaçıncı balkonun sütun arkasından hayli ucuza seyrettim. Yani garsondum garson olmasına da, hiçbir şeyden geri kalmamaya çalışıyordum! Orada yaşadığım süre içinde, elimden geldiğince yararlanmak, görmek ve duymak gibi bir hevesim vardı. Tüm bunları, ayda kırk sterline, bolca yürüyerek ve sonrasında çalınacak bisikletim sayesinde yapabiliyordum.

Bir de o yaşta parasızlık pek sorun gibi gelmiyordu sanırım. Aynı koşullarda yaşayan herkesin derdiydi. Nihayetinde bir hedef var, Türkiye'ye dönülecek, Hoca'nın karşısına çıkılıp "Bir zamanlar fakir ama onurlu bir genç vardı, hatırladınız mı?" denilecek, sınavlara girilecek, akademisyen olunacak...

Lokantaya döneyim. Genellikle haftanın altı günü çalışıyordum. Saat altı gibi gidiyor, gece yarısını geçe ayrılıyordum. İkinci el dükkânından tedarik edilmiş, siyah pantolon, siyah yelek, beyaz gömlek, papyon ve siyah ayakkabı. Bir de, küçük masa örtülerini katlayarak pantolon kemerimize sokuşturduğumuz beyaz önlükler. Sömürgen patronum, aynı zamanda bana işi öğreten insandı. Her şeyi ondan öğrendim, bu yüzden tam manasıyla nefret de edemedim! Dedim ya, iyi bir yanı da vardı ama kurnazlığının yanında o iyilik görünmez oluyordu. Temizlik bana aitti, demiştim. Haftanın üç günü de, iç mekânı büyük ölçüde ahşap olan binanın merdivenlerini silip canlandırmak gerekiyordu. Bir de her gün tuvalet temizliği. Yazının başlığı bununla ilgili. Şimdi, bu tuvalet temizliği ayrı bir maceraydı. Bizim Mısırlı'nın faşist ruhlu Alman bir hanımı vardı. Abartmıyorum, öyle Alman disipliniyle filan açıklanamayacak huyları vardı kadının. Haftanın iki ya da üç günü aklınca lokantaya baskın yapıp bizi ve kocasını kontrol eder, işlerin yolunda gidip gitmediğine bakardı. Tuvalet lavabosuna bir takıntısı vardı. Benimle üst kattaki lavaboya çıkar, parmağını ıslatır ve lavaboya sürmeye başlardı. Eh o kadar sürersen elbet biraz kir çıkar! O kiri zorla çıkarıp baştan temizlememi isterdi. Yani tam bir kaçık ama ne yazık ki dışarıda geziyor. İşin yoksa bir daha temizle. Fakat neyse ki diğer faşist ruhlular gibi bu kadıncağız da pek akıllı değildi. Hep lavaboya bakar, diğer noktalarla pek ilgilenmezdi. Ben de bir süre sonra ister istemez yalnızca lavaboya özenmeye başladım ve sorun çözüldü!

Beş buçuk ay boyunca, hemen her akşamı o lokantada geçirdim. Çok şey var anlatacak tabii. Yalnızca servis yapmaz bir garson, müthiş bir gözlem fırsatı da olur bu işte. İşin en sıkıcı yanı, hiç şüphesiz pırıl pırıl bir mekânın iki üç saat içinde darmadağın olması ve gece vakti her şeye yeniden başlamaktı. Bu arada, her lokantanın masa düzeni de farklı tabii. Misal, marifetmiş gibi, her birinde ayrı katlanırdı peçete. Nihayetinde bir bez peçete ama öyle demeyin, bayılıyorlardı bu süslü katlama işine. Yine, şarap açmak, ne büyük bir deneyimdi! Şaka yapmıyorum; hele ki pahalı bir şarabı mantarını parçalamadan, işin içine biraz da estetik katarak açmak, göründüğü kadar kolay iş değil. Şarabı önce o mahzende bulacaksın, peçeteye sarıp getireceksin, göstereceksin, kadının yanında oturan çokbilmiş erkek başıyla onay verecek, hemen orada profesyonel tirbuşonla açacaksın, çokbilmişin bardağına bir parmak kadar boşaltacaksın, o çokbilmiş, muhtemelen hiç anlamadığı şarabın kalitesine karar verecek, koklayacak, ağzının içinde şöyle bir yuvarlayacak ve "tamam" diyecek. Ondan sonra, kadehe ama öyle şorul şorul, su gibi değil, beyazı ayrı, kırmızıyı ayrı şekilde dökeceksin. Mantar şişenin içinde kırıldı mı, çok mu pahalı bir şarap! İşte o durumda bildiğin bütün duaları okuyup boncuk boncuk terleyerek, çaktırmadan kalan mantar parçalarını çıkartacaksın. Çok zahmetli iş, çok...

Malum, 'simple present tense' ile başlayan macera, öyle ikinci günde 'past perfect' olmuyor. İşe başladığımda en büyük kâbusum, siparişi yanlış almaktı. Ya dediğini anlamazsam? Ya yanlış bir şey getirirsem? Ya yanlış insanın önüne koyarsam? Ya toplarken dökersem? Her millet böyle midir bilemem ama ortalama İngiliz müşteri, garsonlara çok nazik davranıyordu. Hemen hepsi biraz sohbet ve mütemadiyen teşekkür ederdi. Daha önce de yazdım malum, dilin parçası sayılır, 'lütfen' ve 'teşekkür.' Hani diyorlar ya, Türkler Avrupa'ya tuvalet ve hijyen öğretti filan fıstık; keşke onlar da bize biraz 'lütfen' demeyi, 'teşekkür etmeyi' öğretseymiş. Türkiye'de ortalama müşterinin garsonlara davranışı, bana kalırsa insan onuruna aykırıdır. Bizim son derece 'zarif' ortalama, yaşamının hiçbir alanında 'eşitlik' düşüncesiyle ilişki kurmadığı için, doğal olarak garsonların da insan, zarif davranılması gereken 'yurttaş' olduğu gerçeğinin farkında değildir. Garsonlara teşekkür edilmediği için, demokrasi de olunamıyor. Nasıl analiz ama!

Her neyse, en matrak hikâyeler, yanlış anlamalardan kaynaklanıyordu aslında. Tabii şimdi matrak görünüyor, o zaman az da olsa sıkıntı ve tedirginlik demekti. Dilerseniz, 'Türk müşterilerin işkence usulleri' ve 'bir lisan bir insandır,' diğer yazıların konusu olsun!

O Alman kadın, beş buçuk ay boyunca her hafta iki ya da üç kez gelip ıslattığı parmak ucuyla lavaboyu ovdu değerli okur. Yaşıyor mudur acep? Yaşıyorsa, hâlâ lavaboyu ovuyor mudur? Ne ilginç insanlar vardı!

Botun boğazını kesince, ayakkabı oluyor

Eğer paranız yoksa, paranın tarihini bilmeniz, emek değer kuramından haberdar olmanız hiç işe yaramıyor; deneyimle sabittir! Hâlinin gerekçelerini bilen bir züğürt oluyorsunuz. İçinde yaşadığımız sistemde hayatta kalmak için kuramsal bilgi dışında bir de para kazandıracak beceri gerekiyor. Ya da parasız yaşamanın yollarını keşfetmenizi sağlayacak bir yeteneğiniz olmalı. Mesele bir biçimde hayatta kalmaksa eğer.

Rahmetli Çetin Altan, Türkiye'nin mesleksizler toplumu olduğunu yazar ve söylerdi. Örneğin ben (her ne kadar artık işsiz olsam da!) bir akademisyenim. Anayasacı. Bu şu demek: Dünyanın hiçbir yerinde hiçbir işe yaramam! Aynen bir siyasetçi gibi, bir özel sektör çalışanı gibi ya da örneğin bir bakanlık müsteşarı gibi. Öyle ya, Türkiye'de önünde tüm kapıların açıldığı, dalkavuklara taklalar attıran bir siyasetçi, Edirne'nin dışında hiçbir vasfı olmayan, hiç kimsenin ciddiye almadığı bir insandır. Oysa ben bir anayasacı olacağıma çok iyi bir marangoz ya da kaporta ustası olsaydım, belki de bir hekim; her yerde çalışma, işe yarama, para kazanma fırsatına kavuşabilirdim. Önemli ve değerli olan, bir 'meslek' sahibi olmak. İyi duvar ören biri, bir başbakandan daha evrensel bir iş yapıyordur. Türkiye ne yazık ki herkesin üniversiteden başka her şeye benzeyen üniversitelere gitmek istediği, düzgün meslek edinilmeyen bir memleket. Mesleksizler toprağı.

Yirmili yaşlarda, Londra'da bunları düşünmeye başladım. Lokantaların birinde, akşam canlı müzik yapan iki arkadaşımız vardı. Biri, gündüzleri marangozluk da yapıyordu. Akşam iki üç saatlik sürede, keman ve gitar çalabildikleri için geçimlerini rahatlıkla sağlayabiliyorlardı. Çoğunuz biliyorsunuzdur; örneğin yetenekli aktör Daniel Day Lewis aynı zamanda çok iyi bir marangoz. Dany DeVito, şöhret olmazdan önce berbermiş. Bakın bu da çok iyi bir iş. Yurtdışında en masraflı işlerden biri tıraş olmak zira. Bir ara kaldığım pansiyonda, berberlik yapan bir arkadaş tüm pansiyonu tıraş edip sevaba giriyordu. Gerçi sonrasında çok ucuz bir berber keşfetmiştim. Yaşlı biriydi ve günde yalnızca üç dört saat çalışıyordu. Beş sterlin alıyordu ki, Londra koşullarında, rahmetli babamın deyişiyle "bedavadan ucuz" sayılırdı. Keşke bir müzik aletini çok iyi çalabilseydim. Yazık ki, İstanbul'da tamamladığım ilk orta ve lise eğitimi, bana okuma yazma dışında bir şey kazandırmadı. Hiçbir şey. Ne öğrendiysem, ablamlar sayesinde tiyatro, sinemaya giderek ve bir yaştan sonra okuyarak, şehir yollarını arşınlayarak öğrendim. Yıllarca o okullara gideceğime, okuma yazmayı dışarıda öğrenip bir de örneğin piyano ya da saz çalabilseydim, çok daha mutlu bir insan olabilirdim. Yedi yaşım ile üniversite arasındaki eğitim yaşamım, zaman kaybından başka bir şey değil.

İnsan o kadar gençken ve gittiği yere yerleşme niyeti de yokken, yani döneceğini biliyorken, her şey daha katlanılabilir oluyor. Çoluklu çocuklu insanların 'yoksulluğu' gibi ciddi bir iş değil, bekâr ve genç insanın maceracı parasızlığı. "Nasıl olsa geçecek," diye düşünüp teselli bulmak hatta olup biteni eğlenceye dönüştürmek mümkün. Daha önce söylemiştim, ilk lokantada beş buçuk ay çalıştım ve aldığım ücretten okul ile pansiyon ücretleri çıktığında, haftada on sterlin cep harçlığı kalıyordu. Bu da elmalı pay, fish finger, arada bir çay kahve demekti. Buna mukabil şehir, bedava müze cennetiydi. Ayrıca, şairin dediği gibi, hava ve su bedavaydı!

Şehrin yollarında uzun yürüyüşler yapmak da başlı başına bir zevkti. Evde ekmek bekleyen olmayınca, sürekli 'gelir' düşünmüyorsunuz. Ne var ki, Türkiye'den giderken, çok sıkışırsam "Memleketten biraz para isterim," diye düşünmüştüm yalan olmasın. Ancak ben oradayken '94 krizi' çıktı ve döviz o kadar arttı ki, böyle bir şansım kalmadı. O zaman Türkiye şimdiki gibi değildi, siyasi ve ekonomik sorunları vardı! Ayrıca henüz gereğinden fazla 'ileri demokrasiye' de geçmemiştik. Hemen her şeyimiz gibi demokrasimiz de vasattı anlayacağınız! Bir de unutmadan, ben ilk Müslüman'ı da Londra'da gördüm, çünkü AKP'den önce hiç kimse dinini özgürce yaşayamadığı için, insanlar Müslüman olduklarını söyleyemez, sorunca inkâr ederdi! Bizim Eyüp - Fatih civarındaysa, ekseriyetle Şamanlar yaşardı. Bayram seyran bilmez, yılın belli günlerinde Eyüp meydanında ateş yakıp etrafında şarkılar söyleyerek dans ederdik!

Her neyse, kriz çıkıp aileden para alma şansını tamamen kaybedince kendimle baş başa kaldım ve ne yazık ki o esnada kendim, baş başa kalmayı tercih edeceğim son insandı! Çalıştığım sürece sorun yoktu, hiç olmazsa ne alacağımı biliyordum. Ancak yalnızca bir hafta işsiz kalmak dahi dengelerimi alt üst etmeye yetiyordu.

Orada deneyimlediğim parasızlık, Türkiye'dekinden farklıydı. Burada, başınız sıkıştığında birine gider, borç bulamasanız bile hiç olmazsa çay kahve içip sohbet edersiniz. Yurtdışında, yoksulluğun ileri bir evresi olan, 'mutlak yalnızlık içinde parasızlık' duygusuyla tanıştım. İlk zamanlarda en yoğun hissettiğim duygu buydu. Yalnızlık. Dertleşecek birilerinin olmaması, sevdiğiniz herkesin uzakta oluşu çok can sıkıcı. Pek insan meraklısı sayılmam ama "Yalnızlık Allah'a mahsus," dememişler boşuna. Tercih edilen yalnızlık ile mecbur kalınan yalnızlık arasında derin mi derin bir uçurum var. Diyeceğim, parasız olmak mesele değil, bunu anlatacak insan olmayışı, derdin büyüğü.

Fakat, eğlenceli yanlarını görmeye çalıştığım, dalgasını geçtiğim bu koşullar, insandan umut kesmemeyi de öğretti bana. Zor koşullar, güzel insanlar tanımak için fırsat olabiliyor. Okulun yanındaki lokanta-kafenin sahibinin, benden hep yarım hesap tahsil ettiğini yazmıştım. Bunu hiç konuşmadık, o da ben de durumun farkındaydık. Böyle insanlar çıktı karşıma. Örneğin, ne yazık ki soyadını hatırlamadığım, adı 'Tezeri' olan ve herkesin 'Tez' dediği bir abimiz vardı. Tez, kimsenin kimseye borç vermek istemediği bir yerde, hem pansiyon kirası hem sonraki pansiyonun depozitosu ve ilk vize başvurumda gerekli olan belgeler için lüzumlu parayı borç vermişti. Üstelik hiç sorgulamadan. Melek gibi bir adamdı hakikaten. Türkiye'ye geldikten sonra, bağlantımın koptuğuna çok üzüldüğüm insanlardan biridir. Keşke bir mucize olsa ve bu satırları okusa, ah ne güzel olur.

Yine, Mülkiye'den çok eski arkadaşlarım Bülent ve İlker'in, bana bir zarfın içinde Birinci sigarası paketleri postaladığını söylemiştim. İnsan zehirleneceği için bu kadar mı mutlu olur, oluyormuş demek ki! Bir de tabii, Bülent, telefon edip "Durumum çok kötü," dediğimde, o zamanki asistan maaşının neredeyse tamamını göndermişti. Ben Londra'ya giderken Kentleşme Kürsüsü'nde asistandı Bülent. Ne kadar zaman geçerse geçsin, bunları unutmuyor insan.

Ama herhâlde en matrak hikâyelerden birini, Arzu'yla yaşadım. Sevgili Arzu, o sırada LSE (London School of Economics)'de doktora çalışması yapıyordu. Şimdi, Hacettepe'de iktisat profesörü. Ne zaman başım sıkışsa yardıma koşardı. Diyelim ki metroya binecek para kalmadı; hemen gelir alırdı, şehir merkezine giderdik, çay kahve ısmarlardı, dertleşirdik. O da tiryakiydi benim gibi. Bir ara sigarayı bırakmak için koluna bir şeyler yapıştırdı ve kolundaki bantla sigara içmeyi sürdürdü! Bir gün buluştuğumuzda, ayakkabılarım dikkatini çekti. İstanbul'dan giderken, Çemberlitaş'taki bir pasajdan aldığım bot dışında ayakkabı götürmemiştim. Neden? Neden olsun, zannediyordum ki orada kazanacağım parayla istediğim gibi alışveriş yapabileceğim. Çocukluk işte! Tabii, hiçbir şey alamıyorum. İlkbahar, yaz derken, botun içinde pişmeye başladım. Ayakkabı almaktan umudu kesince, son derece pratik bir şey yaparak boğaz kısmını kesip botu ayakkabıya dönüştürdüm. Bunu yaparken de biraz şekilli kestim ki, modeli öyle zannedilsin! İşin bu kısmı da gençlikten işte! Arzu, kafede otururken ayakkabımı görüp "Bu ne böyle?" diyerek hayretle sordu ve öğrenince, önce sıkı bir kahkaha atıp sonra beni yalvar yakar (fakir ama onurlu genç) ayakkabıcıya gitmeye ikna etti. Verdiği yirmi beş sterlin ile bir ayakkabı alıp boğazı kesik botlarımı dükkânın çıkışındaki çöp kutusuna attım, büyük bir zevkle. Görüştüğümüzde hâlâ kahkahalarla anlatıyor o günü. Şanslıyım, gün geldi, yazma fırsatım oldu. Dedim ya, mesele yalnızca parasızlık değil, yalnız kalmamak; insan sesi, muhabbet ve desteği. Bunlar olduğunda, para pul kısmını çok da ciddiye almıyorsun ve bir biçimde devam ettirilebiliyor günlük yaşam. Ve bu devam ettirebilme hâlinin çok eğitici, öğretici bir yanı var hakikaten.

Şu para konusuyla ilgili, bir de pansiyon hikâyesi anlatarak bitireyim yazıyı. İlk evden atılınca, yine Güney Londra'da bir başka pansiyon buldum. Dört beş odası vardı ve Kıbrıs Türk'ü olan pansiyon sahibi, konut kredisi (mortgage) yöntemiyle neredeyse bütün mahalleyi satın almış uyanık bir müteşebbisti. İnanması güç ama, evdeki her şey bozuk parayla çalışıyordu. Elektrik, şofben, telefon, ısıtma, her şey... Herhangi birini çalıştırmak için jeton haznesine bozuk para atıyordunuz. Diyelim ki gece vakti odanın elektriği kesildi ve bozuk paranız yok; ya dışarı çıkıp o saatte bozduracaksınız ya da karanlıkta oturacaksınız! En saçması, şofbendi. Bir sterlin attığınızda çok geliyordu, yarısını attığınızdaysa az. Bu nedenle her sabah, üst katta duş alan yaşlı İskoç'un duşa girmesini bekler, hemen ardından giderek ondan kalan sıcak suyu, jeton deliğine elli peni atıp çoğaltarak kullanırdım. Hakikaten kaldığım en garip yerlerden biriydi. Bozuk para yokluğunun, 'soğuk duş' etkisi yarattığı yer!

Sözün özü, evet böyle maceralarda parasızlık çok muhtemel ama yeter ki yalnızlıkla birleşmesin, o fena çünkü. Eğer sıkıntıları anlatacak ve sizi, size yük olmadan kollayacak iyi kalpli insanlar varsa çevrenizde, parasızlık taşınmaz bir dert olmaktan çıkıp eğitim ve öğretim imkânına dönüşüveriyor.

Rahmetli Süleyman Demirel'in söylediği gibi, "Meseleleri mesele etmezseniz, ortada mesele kalmaz..."

Mor erkek ayakkabısı

Yazının başına oturduğumda, Pazar'dan Pazartesi'ye döndü saat. Öykü yazarı sevgili Dilek Türker ile eşi Alpay'ın hediyesi bir radyo var mutfakta.

Zeki Müren, olağanüstü sesiyle: "Attığım her adımın birisi senin/ Paylaşırım seni yalnız seninle, gündüzler seninse geceler benim/Bildiğim bir his var sana içimde/Yediğim her lokmanın yarısı senin/Al, iki gözümün birisi senin..." Sözler inandırıcı olmasa da bu kadar mı içten, bu kadar mı güzel söylenir bir şarkı.

İyi hoş da, yazıya bir giriş cümlesi gerekiyor. Garsonluk anıları anlatacağın bir yazıya 'Mor erkek ayakkabısı' başlığı atınca, okuru aldatmayan anlamlı bir iki söz gerekli.

Şu olabilir belki: Çeyrek yüzyıl önce Kuzey Londra'da bir dükkânın vitrininde gördüğüm mor renkli erkek ayakkabısını, 2018 Nisan ayında yazı başlığı yapacağımı bilmiyordum. Bir şeyler yazacağımı bilmediğim gibi. Yaşamın ilginç, sürprizli bir yanı var hakikaten ve bunu fark etmek, fark ettiğini anlatabilmek için fazla iri cümlelere gerek yok.

Vitrindeki mor erkek ayakkabısı, benim için 'fark etmenin' sembollerinden biri oldu. Yirmili yaşların henüz başındayken, en büyük şehrin küçük ve muhafazakâr semtinden, bir başka büyük şehrin şöhretli fakültesine gidip hemen sonrasında, bu kez dünya şehirlerinden birinde macera arıyorsunuz. Kafanız karışık. Ne istediğinize karar vermişsiniz ama siz akademisyen olmak niyetindesiniz diye, akademi de size bayılmak zorunda değil. Koca bir belirsizlik aslına bakılırsa ve her belirsizlik gibi heyecan verici.

Giderken zihnimde bir iki sözcük dolaşıyordu ve sanırım en iddialısı, "Pes etmeyeceksin," idi. O dili öğrenmek için gerekeni yapıp sağ salim geri döneceksin, sınavlara girip asistan olacaksın. Ancak gittikten sonra, öğrendiğiniz yalnızca dil olmuyor hâliyle. Olmuyormuş. Evvela, farklılıkları görüyor insan. Ne kadar çok insan olduğunu, o insanların her birinin başkalığını, o başka başka insanların senin sevip değer verdiğin hiçbir şeyden haberdar olmadığını, duygulandığın şarkı sözlerinin onlara bir şey ifade etmediğini... Böyle olunca, insan kendi dertlerini de fazla önemsememeye başlıyor aslında. Sizin dert dediğiniz, diğeri için konu dahi değil! Bunun iyi gelen bir yanı var insana.

Bak şimdi de Selami Şahin başladı. "Kim ayırdı bizi bizden, kadere dur diyemedik/Ne yazık ki o günlerin değerini bilemedik/Eski dost düşman olmaz deyip de sitem etme, ayrılığın yükünü yalnız bana yükleme/Sen benim eski değil eskimeyen dostumsun..." Doğru söylüyor, ne diye düşman olsun!

İşte mor erkek ayakkabısı görmek de böyle bir etki yaratmıştı bende. "Vay be!" demiştim, "Birileri de bunu giymek istiyor." İster, neden istemesin. O ister de, beriki de üretmiş ve vitrine koymuş; iyi de yapmış. Böyle çok şey vardı vitrinlerde. O güne dek hiç hayal etmediğim türden kıyafetler, eşyalar... Çeşitlilik, renk, farklı formlar, çok iyi bir şey sanırım. Renklerin, biçimlerin, çeşitliliğin, insanın zihnini terbiye ettiğini sonradan anladım, o günlerde yalnızca şaşırıyor ve seviyordum.

Şu anda Bülent Ersoy... "Ne çileler var başımda, kadere bak," diyor ama bunu pek sevmiyorum. Bir senin başında mı çile var; kader diye diye helak ettiniz insanları.

Yalnızca eşya, ev, kıyafet farklılıkları değildi tabii, her ne demekse, o zihin terbiyesine yol açan. İnsanlar. Örneğin, İstanbul'da eşcinsel arkadaşlarım vardı ama bunu gizliyorlardı. Hele ki bizim muhitlerde açıkça o kimlikle yaşamak ne mümkün! Adı anılamıyordu belli ki. Ben biliyordum, onlar da benim bildiğimi biliyordu ama herkes bilmiyormuş gibi davranıyordu! Yıllarca. O bir iki arkadaşımı diğerlerinin muamelesinden koruma güdüsüyle hareket ettim uzun süre. Ancak ne yaşadıklarını yine de tam anlamıyordum. Arkadaşlarımla, çocuk ve ergen acımasızlığıyla, bazen açıktan bazen alttan alta dalga geçildiğini görmek canımı sıkıyordu. Bunun, yaşadıklarının, ne denli acı verici ve sarsıcı bir deneyim olabileceğini de Murathan Mungan'ı okuduğumda anlamıştım. Oysa Londra'da o yaşta ilk fark ettiğim şeylerden biri, cinsel yönelimlerin başka türlü olabileceği, özgürce dile getirebileceğiydi. İlk karşılaşmalarımda ne yapacağımı bilemedim. Çok yadırgadım, şaşırdım. Hatta, anlamakta zorlandım. Sevgililer günüydü. Gündüz vakti, o ilk lokantada rezervasyonlar yapıldı. Genellikle iki kişilikti ve her masaya birer gül yerleştirmiştik. Akşam müşteriler gelmeye başladı.

Emel Sayın... "Yarabbi feryadımı artık duysan diyorum/Senden ya bir sabır ya bir ümit bekliyorum," diyor şu anda. Ama çok bağırıyor sanki. Sözleri de ne arabeskmiş bu şarkının... Arkasından, Coşkun Sabah başladı. Bu adamcağız ömür boyu ut ile dolaşa dolaşa bir garip oldu sonunda.

Lokantaya son gelen çift, yakındaki karakolda görevli iri yarı ve uzun boylu iki erkekti. Erkeklerin kol kola gezip birlikte yiyip içtiği bir kültürden geldiğim için hiç yadırgamadım doğrusu. Fakat takım elbiseli iki erkeğin bir süre sonra el ele tutuştuklarını gördüğümde yaşadığım şaşkınlığı anlatamam. Bütün akşam aşk dolu gözlerle baktılar birbirlerine ve ben bir 'yaban' hüviyetiyle tüm servis boyunca çaktırmadan, göz ucuyla onları seyrettim. 'Tövbeler olsun' ile başladığım akşamı, 'normal aslında' gibi bir duyguyla tamamladığımı hatırlıyorum. Nitekim çok sevdiğim öğretmenlerimden biri de eşcinseldi ve oradaki en sevdiğim insanlardandı. Çok iyi biriydi hakikaten ve on sekiz ay boyunca sergilediği insancıl yaklaşımı hiçbir zaman unutmadım. O aylar içinde, herhalde en eğitildiğim, yontulduğum konuların başındaydı. İnsan yadırgamamayı, olağan karşılamayı, umursamamayı, terbiyeli davranmayı da öğreniyor nihayetinde. Her şeyi öğrendiği gibi. Bugün, 'hastalık' filan diyen, arsızca ayrımcı dil kullananlara karşı duyduğum kızgınlığın nedeni, yaşadığım garsonluk ve nihayetinde, insanlaşma macerası olmalı.

İnsan çeşitliliğiyle haşır neşir olmak çok önemli. Görmek, deneyimlemek, temas etmek, tanımak, sohbet etmek. Hiç ummadığınız insanlardan bir şey öğreniyorsunuz. Bazen, en acı veren deneyimin dahi ne denli işe yarar olduğunu yıllar sonra fark edebiliyor insan. Daha önce de yazmıştım, ilk patronum mesela. Hem sabırla mesleği öğretti hem de fena hâlde sömürdü. Hem oralıydı hem de 'ikinci sınıf vatandaş' hissettiğini her davranışıyla belli ediyordu. Aslında iyi davranmaya çalışıyor, fakat bunu bir türlü başaramıyordu. Bazen, "Acaba evliliğinde mi çok mutsuz bu adam," diye düşünürdüm. Malum, 'parmağını ıslatıp lavabo ovan' hijyen takıntılı bir kadınla evli olmak başlı başına bir talihsizlik. Nitekim, sık sık eşini ne kadar sevdiğini söylerdi. O kadar yıl sonra, hâlâ kendisini ikna etmeye çalışır bir hâli vardı. Soramıyorsunuz ki! Aylarca, artık işi bırakacağını, gönlünce gezeceğini anlattı bana. Yıllar sonra Londra'ya gittiğimde uğradım. Oradaydı. Çok sevindi beni gördüğüne. Kahve içtik. İşi bırakacağını, gezmek istediğini söyledi! Nasıl çok kızabilirim ki bu insana, mümkün mü?

Üçüncü lokantada -ki vasat sayılabilecek bir İtalyan lokantasıydı- yönetici olan Cezayirli arkadaş, misal. Başta ezilmişlik duygusu olmak üzere kendisini mutsuz eden her ne varsa, acısını çalışanlardan çıkarmaya çalışırdı. Üçüncü dünya liginin, bir iki istisna dışında hemen tüm mensuplarıyla aynı sorunları yaşadım. İşte bu yüzden insan onuruna saygı ve eşitlik mücadelesi çok önemli. Ezilen, haksızlığa uğrayan, bütün hıncını, dişini geçirebildiğinden alıveriyor. Bir gün Cezayirli arkadaşımız, müthiş yoğunluk içinde kahveleri bir iki dakika geciktirdiğim için yanıma gelip "Sen hayatında ilk kez mi kahve makinesi görüyorsun, Türkiye'de yok mu böyle şeyler?" diye çıkışmıştı. Bak sen! 'İtalyan' patrondan fırça yiyen 'Cezayirli,' kızgınlığını 'Anadolulu'dan çıkaracak! Benim cevap daha da kızgın ve fazla oryantal esintili olmuştu: "Hayır canım görmedim, zaten bizim memlekette deveyle seyahat ediyor, uçan halıya biniyoruz!" O sıralar karmaşık 'tense'ler gırla gidiyor tabii! Bozuştuk. Bir hafta sonra da işten ayrıldım.

Ve sonunda Müzeyyen... "Benzemez kimse sana, tavrına hayran olayım/ Bakışından süzülen işvene kurban olayım/Lütfuna ermek için, söyle perişan olayım..." Neden? Kurban olmasan, perişan olmasan olmaz mı? Olmuyor demek ki. Bu kültür başka türlü sevemiyor.

Ben bu Cezayirli arkadaşa da çok kızamadım. Ayakta kalmaya çalışıyordu ama ne yazık ki bildiği tek yöntem, pek hoyrattı.

Bir de şahane Cezayirli vardı hayatımda: Hişam. Hişam, benim okulun hemen yanında bir lokanta-kafe işletiyordu. Öğrencilerin uğrak yeriydi. Ben de haftada bir iki kez gidiyordum. Hişam, maddi durumumun farkındaydı ve bana hiçbir şey söylemeden, lafını etmeden, her seferinde o kahve ve patates kızartmasının ederinin yarısını aldı. Ben az hesap getirdiğini biliyordum, o da benim bildiğimi biliyordu. Bunu hiç konuşmadık. Güler yüzle karşılardı, sohbet ederdik. Hişam, kendiyle barışık bir adamdı. Çok iyi biriydi. Umarım şimdi çok mutludur.

Diyeceğim, bir şehirde, vitrinde, mor erkek ayakkabısı görmek ve birilerinin onu alacağını bilmek, güzel bir şey.

Yazı biterken Belkıs Özener: "Hey gidi gidi koca dünya, gam yükü müsün/Dünya döner değirmendir, insan içinde çavdardır/Bugün gelen yarın gider, dolup boşalan bir handır."

Öyle hakikaten...

Garsona bilet hediye eden şöhret ve zarafet

Şekerim hep mi sıkıntı, parasızlık, zorluk, iş bulma ve işten ayrılma anlatılır; içimiz daralmış zaten olup bitenden, siyasi gündemden. Birkaç matrak 'şöhretli' anısına gelsin artık sıra.

Karşılaştığımız insanın 'yabancı' bir şöhret olması, üzerimizdeki etkisini artıran etmenlerden biridir herhâlde. İsviçreli bilim insanlarının bu konuda yaptığı bir araştırma var mıdır bilemiyorum ama uluslararası bir yıldız görmek ile milli bir şöhretle karşılaşmak bir olur mu hiç! Hele ki yabancı hayranlığı ile nefretinin, 'kompleks' sözcüğünde harmanlandığı bir kültürde.

Çok şöhretli birileriyle karşılaşmanın insanı afallatan bir tarafı var. Ne yapacağını, nasıl duracağını, nereye bakacağını bilememe hâli. 'Karşılaşmadan' söz ediyorum ama; aynı mekânda bulunma, yan masada oturma, kaldırımda göz göze gelme gibi. Çünkü bir de malumunuz, görmek için özel çaba harcama hâli söz konusu. İkincisinde ne olduğu belli, zaten görmek isteyip görmüşsünüz; asıl mesele ilki. Yan masaya oturdu diyelim. İnsan merak etmez mi ne giymiş, ne yer, ne içer. Ediyor ki, 'magazin' diye bir tür var. Kimlerin ne giyip nerelere gittiğini gösteriyorlar bize. Cazip çünkü. Eskiden, Pazar sabahları seyrediyordum ama

Avşar - Sayan polemikleri sona erip hangi futbolcunun hangi korkunç kıyafetle hangi balıkçının kapısında görüldüğü aşamasına geçilince, bıraktım. Oysa diğeri hem eğlenceliydi hem de 'yırtma' hikâyeleri hakkında fikir veriyordu. O hikâyeler de Türkiye'nin hâli ve toplumsal dönüşümü hakkında. Magazin dergileri ve oradaki 'cemiyet hayatı' bilgisi de az buz şey söylemiyor aslına bakılırsa 'yeni' olan hakkında.

Dolayısıyla insanda, şöhretle karşılaşınca kayıtsız kalamama gibi bir ruh hâli beliriyor. O duyguyu kontrol etmek kişilikle, oto kontrol yeteneğiyle ilgili. Kimi insan çığlık atıp ağlıyor, kimi görmezden geliyor, kimi ortasını bulabiliyor. Yıllar önce birkaç arkadaşımla İstanbul'da bir kahvede çay içerken yan masamıza çok ama çok şöhretli bir edebiyatçı oturdu. Ben, "Arka masada bilmem kim oturuyor," dediğimde, arkadaşım "İlgilenmiyorum," demişti! Bu da insanı sersemleten bir durum aslında. Bir kere, sizi kötü duruma düşürüyor; hiç ilgilenilmemesi gereken bir durumla ilgilendiğinizi düşündürttüğü için. İkincisi, arkadaşınızın o anda çok dürüst davranmadığını biliyor ancak bunu dile getiremiyorsunuz. Üstelik durup dururken geriliyorsunuz da "Aman sanki ben çok ilgileniyorum," nevi bir hisle.

Benim de Londra'da bir - iki 'şöhretle karşılaşma' hatıram oldu. Biri benim tercihimdi, diğerleri rastlantı.

Akşam işe gideceğim, sabah gittiğim okul bitmiş, ver elini şehir merkezi. Hemen her sokağa girmeye çalışıyordum. Sokaklara saparak yürümenin, her yerde insanı zenginleştirici bir yanı var bana kalırsa. Londra merkezinin ara sokakları da şaka maka tarih gezintisi gibiydi. Leicester Meydanı'na vardığımda, sinemalardan birinin önünde, devasa ışıklı tabelanın altında ve bina önünde bir hareketlilik fark ettim. O esnada, Türkçe'ye *Vampirle*

Görüşme olarak çevrilen bir film gündemdeydi. Başrollerinde Tom Cruise, Brad Pitt ve Antonio Banderas gibi, elbette hiçbiri bir Türk erkeği ölçüsünde olmasa da yakışıklılıklarıyla nam salmış adamlar vardı! Işıklı levhada, galaya Tom Cruise'un geleceği yazılıydı. Salon önüne de şu herkesin bildiği metal barikatlardan koymuşlar, insanlar arkasında birikecek, vesaire...

Hadi bakalım. Durup bekleyecek misin, yoksa "Bana ne Tom Cruise'dan arkadaşım," diyerek devam mı edeceksin? SBF'yi bitirmişsin, bir iki kitap okumuşsun. Zor bir karar anı. Ya orada, metal barikat ardında beklerken memleketten solcu bir arkadaşla karşılaşırsam?! Kaygı bir değil, iki değil. Tam böylesi endişe ve ikilemler içinde debelendiğim esnada, birdenbire 'sosyal demokrat' olduğumu hatırlayıp ferahladım ve durup izlemeye karar verdim!

Yağmur başladı. İnsan hakikaten biraz aptal gibi hissediyor ama ayrılamıyor da. Bu arada epey uluslararası yıldız da gelmeye başladı sinemaya. İnsanların üst üste çığlık atması, her gelenin onu karşılayan hayran kitlesine el sallaması, patlayan flaşlar, fotoğraflar imzalansın diye demir korkuluk arasından uzatılan kollar... Yaklaşık iki saat bekledim deli gibi o yağmur altında. Efendim Tom Cruise gelecek, ben de onu görüp sonra bir ara, başta bizim sinema meraklısı İlker olmak üzere Ankara'daki arkadaşları arayıp "Ya, Tom Cruise'u yakından gördüm, öyle pek şey yapıldığı gibi değil, sıradan bir tip, boyu da kısa," filan diyeceğim. Malum, had safhada muhterem kültürümüzün en az o denli muhterem mensupları; birine kısa dediğinde uzun, çirkin dediğinde güzel, sağcı dediğinde solcu, gerici dediğinde ilerici olduğunu düşünür! Ayol bir ben mi eksik kalacağım?!

Neyse, sonunda geldi bizim Tom. Maksat artistlik(!) olsun, sanki başka araba kalmamış gibi, beyaz klasik Mercedes içinde. Araç kapıya yakın durdu, korumalar sağı solu kesiyor. Kapıyı açtılar, deloğlan indi. Çığlıkların desibelini tahayyül etmeniz mümkün değil. Bir de bendeki hayal kırıklığını! Tamam anladık, 'küçük gör ki adam zannetsinler' geleneği içinden geliyoruz ama güzel kardeşim, bu insana nasıl çirkin diyeceksin! Hakikaten ne yakışıklı bir herif bu! Ben de bakıyorum hayranlıkla. Aman efendim siyah spor kıyafetler, sağa sola el sallamalar, çapkın gülümsemeler, imza atarken ki o rahat tavırlar... Bir yandan "Şimdi bırak bu numaraları," diyorsun, diğer yandan ne yapsa yakışıyor. Neyse, çığlıklar eşliğinde birkaç dakika oyalandıktan sonra içeri girdi de dağılabildik. Telefonda hiç bu konulara girmedim tahmin edebileceğiniz gibi!

Unutmadan, o gün galaya gelenlerden biri de Prens Charles'tı. Tebaaya hafifçe el sallayarak salona girerken, kitleden büyük bir kahkaha koptu. Saraylıların, halkın azımsanmayacak bir kesimi tarafından fena hâlde tiye alındıklarını ve sevilmediklerini fark ettiğim anlardan biri oldu bu. Trajik bir figürdür aslına bakılırsa. Allah 'valideye' ömür vermiş, kral filan olamayacak ve halk, asıl olarak rahmetli hanımını (Prenses Diana) seviyor. Zaten yıllarca başkasına âşıkmış vs. Hadi, şimdi Charles'a dertlenecek hâlimiz yok!

Neyse, yazı bitmeden başlığa gelip daha samimi ve anlamlı bir 'yıldız' hikâyesi anlatayım.

Çocukluktan beri tiyatroya büyük sevgim var. Orada da her fırsatta (ve ucuz bilete!), ne yapıp edip gidiyordum. Son lokantam, Londra'nın göbeğinde ve tiyatrolar mahallesindeydi. Sağda solda az ya da çok tanınmış insanlarla karşılaşmak mümkündü ve bir kısmı da lokanta müşterisiydi. Karşılaşmak derken şunu kastediyorum: Örneğin bir akşam cam kenarındaki masaya servis yaparken, Anthony Hopkins geçti. Elimde tabakla donup kaldım. İnsaf edin, nasıl her şey normalmiş gibi devam edeceksiniz, Hopkins asker arkadaşınız değil ki! Ya da diyelim, Peter Ustinov'un sahne aldığı tiyatronun önünden geçmek (çok pahalı olduğu için bir türlü onun oyununa bilet alamamak!), koskoca Nigel Hawthorn'u sahnede seyretmek, genç bir hevesli için ne kadar etkileyici anlar. Hani şu, *Emret Bakanım (Yes Minister)* adlı nefis dizide, o müthiş danışman Humphrey'i canlandıran rahmetli Nigel Hawthorn.

İşte o lokantaya gelenlerden biri de, BBC dizilerinde de rol alan tanınmış tiyatro oyuncusu Bernard Hill'di. Lokantanın çok yakınındaki tiyatroda o yıl Arthur Miller'ın, *A Wiev from the Bridge* adlı oyunu sahneleniyordu ve Bernard Hill başrollerden birindeydi. Arada bir geliyordu lokantaya ve bir gün bana neden Londra'da olduğumu sorup da kısa sohbet esnasında tiyatroyu sevdiğimi öğrenince, kanı mı ısındı nedir, oyunu izlemek istersem bilet ayarlayacağını söyledi. Eh bu fırsat kaçar mı! Bir hafta sonra, benim için gişeye bırakılmış biletle, Londra'da ilk ve son kez salonun 'ortalarından' bir yerden seyrettim oyunu. Ne büyük zevkti. Sonrasında bir de broşür aldım, on yıllarca yaptığım gibi. Bir süre sonra yine lokantada o broşürü imzalattım Hill'e. Hâlâ kaybetmemeye çalıştığım nadir broşürlerden biridir. Bernard Hill'i, *Titanic* filminde 'kaptan' rolünde görünce hissettiğim mutluluğu anlatması güç.

Broşürü saklamamın nedeni, Bernard Hill'in bir şöhret oluşu değil. Tanınmış bir oyuncu, gencecik bir garsonu oyununa davet edip bilet hediye ettiği için değerli o kâğıt parçası. Yıllardan akılda kalan, bu ve bunun gibi hatıralar oluyor.

İnsanın, zarafeti ve iyi niyeti.

Biraz uzak bir terminoloji sanırım, dünya güzeli 'yerli' kültürümüze. Her bir yanı kin ve öfkeyle, emek ve bilgi düşmanlığıyla, cahil özgüveni, küstahlığı ve şirretliğiyle, kendini bilmezlikle sarmalanmış memleketin, hem sağına hem soluna, uzak.

Çok uzak ve ne yazık...

Garson ve zemindeki ekmek kırıntısı

Gülten Akın'ın şiirindeki gibi,

"Ah, kimselerin vakti yok

Durup ince şeyleri anlamaya..."

Garson, zemin ahşabının arasına sıkışıp kalmış ekmek kırıntılarını fark edecek kadar sade bir yaşam sürer. Evet, o ekmek kırıntılarını fark etmek, sade ve özenli bir bakış gerektirir. Çok mu sıkıcıdır böylesi? Basit ayrıntılar üzerine kafa yormak, yormak zorunda kalmak.

Garson, genellikle iş başlamadan bir saat kadar erken gelir lokantaya. Sabah ve akşam vardiyaları var. Türkiye'de de vardır muhtemelen ancak köle düzeninde çalıştırılanlar olduğunu da biliyoruz. Diyelim ki akşam yedide başlayacak servis. Altıda gelir garson. İlk lokantam gibi istisnalar olmakla birlikte genellikle her lokantada, servis başlamadan önce hep birlikte yemek yenir. Bazen servis sırasında da atıştırmak mümkündür! Misal, bir kâseye tepeleme kalamar doldurulmuştur ve salona giderken düşüp ziyan olmasın diye kenardan düşme ihtimali olanlardan iki tane atarsınız ağzınıza!

Penguen kıyafeti giyilir. Önceki servis bittiğinde temizlenen masalar yeniden kurulur. Temiz masa örtüleri, tabak ve çatal bıçak takımları, kadehler özenle yerleştirilir. Nedense her lokantada farklı bir peçete katlama usulü vardır ve kısa süre sonra ruj ve yağ lekeleriyle dolacak olacak peçeteleri katlamak için epeyce çaba harcanır. Bu çaba saçma görünmekle birlikte vasat görünen mekânların dahi prestij sağlama çabasının ürünüdür. Etraf kolaçan edilir. Eksiklikler giderilir. Tatlı ve peynir arabaları hazırlanır. Rezervasyonlara bir kez daha bakılır ki yer ayırtmadan gelen müşterilere yanıt verilebilsin.

Ve akşam başlar...

Kapıdan giren müşteriyi karşılama töreni her lokantada farklı olabilir. Kimi patron, müşterinin kapıda karşılanmasını ve palto/mantolarının çıkartılmasına yardım edilmesini talep eder. Ev ortamı yaratmak için. Bir lokantada neden ve nasıl ev ortamı sağlanabilir ki? Adı üstünde lokanta. Ancak patronlarla tartışamazsınız bunları. Hemen hepsi 'duayen' pozlarını sever. Düşünsenize, her Allah'ın akşamı, size Hıncal Uluç pozları atan birileri var tepenizde. Malum, bir işi iki ayda öğrenmiş kimse, eğer yirmi yıl kadar ölmemeyi ve aynı işte kalmayı başarırsa duayen olur. Hele ki o son lokantanın şöhretli patronu! Aman Allah'ım! Dedikodu gibi olacak ama bu Türk lokantasının sahibi, haftada iki üç kez çalışanları toplayıp hayat hikâyesini anlatıyordu. Kabul, sıfırdan başlayıp olağanüstü başarıya ulaşmış. Etkileyici bir yaşamı vardı var olmasına da, bir kez dinleyince anlaşılan bir hikâyeyi defalarca dinlemek bezdiriciydi. O da öyle tatmin oluyordu belli ki.

Müşteri masaya buyur edilir. Yüzünüzden gülümseme hiç eksik olmayacak. Menüler dağıtılır ve yaklaşık beş dakika bekledikten sonra, masa belli bir mesafeden şöyle bir süzülür. Eğer hazır oldukları düşünülürse yine güler yüzle masaya yaklaşılır ve hazır olup olmadıkları sorulur. Ola ki bir kişi "Hazır değilim," dedi. Diğerlerinin siparişi alınmayıp beklenir. Sipariş aynı zamanda alınmalı, servis aynı anda yapılmalı ve masa aynı anda toplanmalıdır. Temel kurallar bunlar. Masadakiler hazır olduğunu söylediğinde elinizdeki karton parçasına not almaya başlarsınız. O devirde henüz elektronik zımbırtılar yoktu, bu yüzden kalem kâğıtla not alınıyordu. Masanın şeklini çizer ve kişi sayısı kadar işaret koyarsınız. Erkek ve kadın diye işaretlerseniz karıştırma ihtimali azalır. Masa, garson için yalnızca bir 'numaradan' ibarettir. İsterse başbakan oturuyor olsun, fark etmez. O sizin için '21' numaradır. Önce içecek siparişi alınır ve masadaki kadehler ona göre düzenlenir. Garson istenen şarabı getirir ve masada hesabı ödemesi muhtemel olan kişinin önünde durur! Bunu nereden anlar, derseniz; eğer bir çift ise şişenin etiketi erkeğe gösterilir. Kabul, biraz cinsiyetçi ama kuralı koyan garson değil. Eğer kalabalık bir masa ise garson masadaki en sosyal olan, en çok konuşan ve dikkat çeken her kimse onun önünde sergiler şişeyi. O arkadaş kendini hemen belli eder zaten, zorlu bir an değildir bu. Şişeyi profesyonel tirbuşon ile açar ve deneyecek olanın kadehine bir parmak kadar döker. O anda hem garson hem masadakiler, aslında deneyecek olanın bu işi pek bilmediğini biliyordur, ancak oyun kuralına göre oynanmalıdır! Masanın konuşkanı, şöyle bir koklar, tadına bakar, bir an duraklar ve beklendiği üzere "veri nays" diyerek gerilimi bitirir. Garson da yüzünde yalandan bir gevşeme ve gülümsemeyle doldurur kadehleri.

Tabii içki servisine başlamadan önce alınan sipariş mutfağa götürülüp aşçılara verilmiştir çoktan. Bu arada 20'nin ve 14'ün de siparişleri alınır, içkileri getirilir, komiye gereken talimatlar verilir. Komi, 'başlangıç' tepsisi ile görünür. Çok kalabalık günlerde komi beklenmez, herkes mutfağa inerek elinden geldiğince yardım eder. Başlangıçlar, ana yemekler, yeni şişeler... Masa, sürekli olarak belli mesafeden izlenir ve müşterinin istediği zaman sizinle göz göze gelmesi sağlanır. Müşterinin eli havada kalmamalıdır, zira eli bir an olsun havada kalırsa incileri dökülebilir! Bu bir iki saatte arada bir müşteri ile sohbet edilir, on dakika sonra unutacakları sorularına olabildiğince sempatik yanıtlar verilir. Ufak tefek şakalar yapılır, vesaire...

Ardından, tatlı ya da peynir arabası dolaştırılır. Sonrası, 'kalkıp gitseler' evresidir ki hakikaten çekilmez çiledir. Garson yorulmuştur, ayakları ağrıyordur, dikkati dağılmıştır, yarınki işlerini düşünüyordur ve işte tam o anda kalan dört beş kişiden biri, bir kadeh daha konyak ister. Bir kadeh konyak ve kahve, nereden baksanız yarım saat daha demektir ve siz bu münasebetsize, "Tabii" diyerek bara yönelirsiniz. Bu arada kahve demişken, şunu söylemeyi unutmayayım. On kişilik bir masa Türk kahvesi istedi, diyelim. Müşteriye ciddi bir ifadeyle kahvelerini nasıl içecekleri sorulur, tek tek kâğıda işaretlenir ve sonra hepsi az şekerli yapılır. Eh kusura bakmasınlar! O zamanlar böyle kahve makineleri filan da yok; cezveyle on kişiye tek tek kahve mi yapılır gece yarısında. Kapuçino makinesinde hepsini az şekerli yapar, masanın başına gelir ve müşterilerin önüne, "Az şekerli sizin," "Efenim bu da sade," diyerek dağıtırsınız. Üç kadeh şarap ardından hiçbirinin itiraz edecek hâli ve farkı anlayacak damağı kalmamıştır tahmin edebileceğiniz gibi.

Müşteri, aynı mekândaki çalışan ile başka bir evrende gibidir. O sohbet eder, sipariş verir, yemeğini yer, ortalama bir salataya "Fantastik" der, bir iki şaka yapar ve bahşişi hesaplayarak gider. Oysa garson aynı yerde, aynı anda pek çok masayı kontrol eder ve birbirinden farklı dünyalara, konuşmalara muhatap olur. Garson, komiyle ilişki içindedir. Mutfakla küfürleşir. Patronla uğraşır. Yeri geldiğinde yalan söyler. Bir yemeği mutfağa eksik bildirdi diyelim, bunu fark ettiğinde huzursuzlanan masanın başına gider ve mutfakta küçük bir sorun olduğunu, halledildiğini ve yemekleri hemen getireceklerini söyler. "Unuttum," diyecek hâli yok ya! Yine müşteri, garsonların kendi dedikodularını yaptıklarını da bilmez. 21'in peruğu, 18'deki kadının göz alıcı dekoltesi, 26'daki delikanlının şımarıklıkları, 11'deki yaşlı adamın bitmeyen istekleri ve doğal olarak cümlesinin aile fertleri hakkındaki nahoş dilekler!

Müşteri, hiçbir aksaklıktan tam olarak haberdar olmamalıdır. Bir gün, Londra'nın merkezindeki o şöhretli lokantada küçük bir farenin salonda dolaştığını fark ettik! Zaten özellikle Covent Garden muhiti civarında, metro istasyonunda çok fare olurdu. Biri salona girmiş, müşteriler arasında fır dolanıyor. Onların haberi yok ve olmadan çözmek zorundayız sorunu, aksi hâlde bir rezaletle karşılaşacağız. Menajerlerden biri patronu aradı. Neden aradı, adam ne yapsın, hiçbir fikrim yok! Telaşlandı ve ne yapılması gerektiğini sormak için son derece lüzumsuz bir telefon açtı. Patron, Şener Şen filmlerinden çıkma bir karakter performansıyla inanılmaz bir talimat verdi telefonda: "Eğer bir müşteri fareyi fark ederse, karşıdaki Fransız lokantasından geldiğini söylersiniz!" Yahu farenin kimliği mi var, bu ne berbat bir zihniyet. Ve sayın insanımız, sayın müteşebbisimiz hakkında nasıl da fikir veriyor değil mi?! Ne yaptık biliyor musunuz? Fareyi zar zor soktuğumuz çamaşır odasının kapısına kırklı yaşlarda olup komilik yapan bir abimizi diktik ve adamcağız bütün akşamı o kapının başında ayakta geçirdi, fare çıkmasın diye. Sayın halkımızın pratik zekâsının ve acımasızlığının güzel bir örneğiydi. Hatırladıkça hâlâ güldüğüm ve utandığım bir akşamdır.

İşte böyle değerli okur. Siz yemeğinizi bitirip gidersiniz. Kalanlar, sizin hiç görmediğiniz, tanık olmadığınız bir yaşam sürer o dört duvar arasında. Siz ekmeğinizi yersiniz; garson, zemin ahşabı arasına sıkışıp kalmış ekmek kırıntılarını fark eder. Sizin için güzel bir akşam, garson için her gün yeniden başlayan ve hep aynı şekilde sona eren yorgunluktan ibarettir. Sabah kurduğunun akşam bozulduğunu izler bir garson gürültü ve karmaşa içinde. Sonra yeniden kurar her şeyi, bir kez daha bozuluşunu seyretmek üzere.

Bu yazı bir öneriyle, ricayla bitsin. Hani torun tombalak AVM'ye gidiyor ve acıkınca üst kattaki atıştırmacılara oturuyorsunuz ya... Hani siz o koridorlarda köftenizi yerken, çevrenizde üniformalar içinde birileri dolaşıyor, tepsilerinizi alıp götürüyor ve sonrasında sizin döküntülerinizi temizliyor... Hatırladınız mı o üniformalı kadın ve erkekleri? İşte o kadın ve erkekler bir iş yapıyorlar ve sizlerle eşit yurttaşlar. Bir gün olsun, o insanların 'var' olduklarını fark edip 'merhaba' diyebilir, teşekkür edebilir, hâl hatır sorabilirsiniz. Hiçbir farkınız yok. Eşitsiniz. Başka işler yapıyorsunuz yalnızca. Sizlerle aynı mekânın, ancak bambaşka bir dünyanın insanı olan garson, hiç fark etmediğiniz ayrıntıları görüyor o mekânda sabahtan akşama dek. Zeminde sıkışıp kalmış ekmek kırıntılarını fark ediyor örneğin...

Şanslısın, gidecek bir yerin var

Kendisini biraz geliştirmiş, iyi okullarda okuyan, bir dili iyi kötü öğrenmiş, daha ziyade orta ve üst - orta tabaka mensubu ailelerin çocukları, 'gitmek' istiyor memleketten. "Gitmek istiyorum," diyenlerin sayısı artıyor hızla. Lisans ve lisansüstü eğitim için değil yalnızca, yaşamak, yerleşmek için. Bir gelecek görmüyorlar bu ülkede. Şımarıklık? Bencillik? Sorumsuzluk? Umutsuzluk? Böylesine kitlesel bir 'gitme isteğini' ve 'umutsuzluğu,' on yedi - on sekiz yaşındaki insanları 'itham' ederek, küçük görerek ele almak doğru olmaz.

Yurtiçi ya da yurtdışından yazan, hâl hatır soran eski öğrencilerim var. Birkaçı, aynı soruyu yöneltti şu son bir yıl içinde: "Derste, yurtdışına gidin, okuyun, gezin, tozun, öğrenin, yararlanın ama mümkünse memlekete dönün, diyordunuz; hâlâ mı aynı şeyi düşünüyorsunuz? Biz dönmemek için her şeyi yapıyoruz," diyorlar.

Yazıyı okumaya başladığınızda, herhâlde sıkıldı artık garson hikâyelerinden diye düşündünüz değil mi? Olur mu hiç, yine garsonlukla başlayacağım!

Son lokantada, dönmeye yakın haftanın yedi günü çalışmaya başlamıştım. Altı akşam ve bir sabah. Pazar sabahları kahvaltı/bıranç servisi ardından çıkıyor ve o günü dinlenerek geçiriyordum. Sık gelen bir çift vardı. Karı koca olduklarını tahmin ediyorum. Sohbet ederken göz ucuyla gazetelerine bakarlardı. Güler yüzlü, hoş bir ikiliydi. Bir gün, er kişi sorular sormaya başladı. Orada ne yaptığımı, nerede okuduğumu, ne istediğimi... Ankara'da 'politikıl sayns end pablik edministreyşın' gibi son derece havalı bir şeyler okuduğumu söyleyince gözleri parladı ve sohbeti koyulttu. Dönüp dönmeyeceğimi sordu. Ben, "Tabii ki döneceğim ve asistanlık sınavlarına gireceğim, zaten o yüzden buradayım," dediğimde daha da sevindi. Sonra üç beş dakika nasihat etti. Ama can sıkıcı, snopluk kokan bir biçimde değil. Çok efendi, kibar tavırla, coğrafyamızı ve Türkiye'yi iyi tanıdığını, çok sevdiğini, şahane bir ülkemiz olduğunu, mutlaka dönmem gerektiğini anlattı. "Eğer burada kalırsan, her ne iş yaparsan yap eninde sonunda ikinci sınıf muamelesi görürsün ve hiçbir zaman kendini çok iyi hissetmezsin," dedi. Şunu ekleyerek; "İngiltere'nin sana ihtiyacı yok, ama ülkende yararlı olabilirsin, eğitimli insana ihtiyacınız var." İlk kez bu kadar sıcakkanlı ve samimi bir nasihatle karşılaşıyordum. Teşekkür ettim. Bana kartını verdi, gazeteci olduğunu ve eğer bir ihtiyacım olursa ulaşabileceğimi söyledi. Ayrıldılar. Kartı, barın arkasına bıraktım, sonra da evde bir şeylerin arasına karıştı. Sanırım kaybettim. Türkiye'ye döndüm. Asistan olup arada bir yabancı gazeteleri karıştırmaya başlayınca o kartı veren düşünceli ve zarif insanın kim olduğunu fark ettim. Türkiye'den hayranlıkla ve sevgiyle söz eden, "Dön mutlaka," diyen orta yaşlı adam, gazeteci Robert Fisk'ti. Ne güzel bir davranış. Hâlâ içim ısınarak ve gülümseyerek hatırlıyorum o içten nasihat anlarını.

Döndüm. Dönmeseydim ne olurdu? Nereden bileyim, soru mu bu şimdi?! Belki lokantacı olurdum. Belki bir kebapçı zincirim olurdu: "Törkiş döner vit turşu." Belki sefil bir hayat. Belki yüksek lisans yapıp bir yerlerde başka işler bulurdum. Mutlu olur muydum? Belki. Yaşamadığını bilemez ki insan. Daha mutlu olmak mümkün müydü? Bilemem. Ayrıca mutluyum zaten, bunun dahası nedir, var mıdır?

Şimdi haberleştiğim öğrenciler çok mutsuz ve endişeli. Kiminle konuşsam gitmek istediğini söylüyor. Nereye gideceklerini, tam olarak ne yapacaklarını bildiklerinden değil. Burada yaşamak istemiyorlar, aslına bakılırsa. Evet, daha doğru ifade bu olabilir. Ben ne yanıt verebilirim ki? Kim yanıtlayabilir daha doğrusu. Mümkün mü böyle bir şey? Birine kal ya da git denir mi? Diyen olur da, demeli mi? Nasihat makamında olmadığımız gibi, 'git' ya da 'dön' dairesi memuru da değiliz. Hiçbirimiz değiliz. Gitmek ve kalmak, gitmeden ve kalmadan bilinebilecek, sonuçları öngörülebilecek tercihler değil. Hangisi insanı daha mutlu eder? Vallahi bu sorunun yanıtı da, mutluluktan ne anlaşıldığına bağlı. Nerede yetiştiğimize, hangi tabakaya dahil olduğumuza, koşullarımıza, karakterimize... Eninde sonunda mutluluk da 'öğrenilen' bir şey değil mi? Bize zevk veren bir şeyin, bir başkası için hiçbir anlam ifade etmemesinin başka bir açıklaması olabilir mi? Biri, hiç kimsenin yaşamak istemediği bir yer ve çalışmak istemediği işte çok mutlu olabilir. Kimi insanı da cennette istihdam etseniz şikâyetçidir. Hâliyle bir başka yere gitmek ya da kalmak, tek başına yeterli değil daha iyi hissetmek için.

Daha önce de birkaç kez verdiğim bir örnek var, etkilendiğim bir gazete söyleşisinden. Radikal'de yayınlanmıştı zamanında. Türk filmlerinde küçük rollerde oynayan çok tanıdık bir yüz vardı; rahmetli Suzan Akay. 'Tuvaletçi Kadın' olarak da bilinir. Bir yerde 'mutlu olup olmadığı' sorulduğunda mealen, "Eğer hayat böyle bir şeyse kabul, ama başka yerde daha iyi bir hayat varsa oraya gitmek isterdim," diyordu. Hüzün verici bir kabullenme ve aslında kabullenememe hâli... Üniversiteyi bitiren bir genç, yurtdışına gittiğinde ve orada bir yaşam kurmak istediğinde mutlu olabilir mi? Neden olmasın! Sorun şu ki 'gitmek isteyenlerin' derdi, orada bir yaşam kurmaktan çok, burada yaşamamak. Türkiye'de yaşamamayı, bir gelecek tercihi olarak benimsiyor oluşları.

Ne diyeceksiniz bu soruları yöneltenlere? İnsan bildiği kadar düşünebilir ve yaşar. Benim gibilere öğretilen de toplum, kamu, memleket, aile, gelenek şu bu... Onsuz yapamayacağın, ancak içinde var olabildiğin topluma hizmet etmek, diğerleri için bir şeyler yapmaya çalışmak. Daha kötü koşullarda yaşayanları düşünmek. Aslında, şu 'gitmek' eğilimi, gidilmek istenen yerlerle birlikte ele alınmalı. Tahmin edilebileceği gibi öğrencilerin tercihi hemen her zaman 'Batı' oluyor. Avrupa ya da Amerika'da bir yerlerde yaşamak istiyorlar. Anlayacağınız, dünyanın müreffeh 'azınlığı' ile birlikte. Zira dünya çoğunluğu, öyle pek de matah yaşam koşullarına sahip değil. Hatta birkaç milyar insan sefalet içinde hayatta kalmaya çalışıyor. Yalnızca ekonomik değil, diğer pek çok açıdan da talihsiz bir nüfus mevcut yeryüzünde. Bırakın tüm dünyayı, biraz güneyimizdeki katil sürüsü, insanların kafasını kesiyor bir süredir. Demem o ki, tamam Helsinki'de yaşamanın çok hoş yanları olabilir de, insan bazen, örneğin, hiç olmazsa Türkiye'de bir büyük şehrin üniversitesinde okuyabiliyorum diye sevinebilmeli. Yalnızca Türkiye değil, dünya nüfusu içinde bu şansa sahip olmayan ve görünen gelecekte olma ihtimali de bulunmayan birkaç milyar insan yaşıyor. Hâliyle, insan başarabiliyorsa ve istiyorsa hiç kuşkusuz istediği yere gidip orada yaşamalı ancak hayali kurulan ülkelerin, dünya nüfusunun azınlığını temsil ettiğini de unutmamalı.

Kuşkusuz artık dünyaya çok daha açık bir genç nüfus var. Entelektüel bakımdan olmak zorunda değil, daha yüzeysel bir tanıma, haberdar olma durumu söz konusu. Örneğin ben o koşullarda İngiltere'ye giderken, çevrem epey yadırgamış ve tedirgin olmuştu. Bir 'bilinmezlik' söz konusuydu. Oysa artık çok daha kolay oluyor, görünüyor her şey. Gideceğiniz sokağı dahi internet üzerinden gezebiliyorsunuz. Hâliyle 'bilinmez' bir şey kalmadı. Bir yakınımızın kızı Viyana'da okumak istediğinde, böyle bir talep hiçbirimize yadırgatıcı gelmiyor artık. Oysa ancak filmlerde karşılaşabileceğimiz bir durumdu bu. Fabrikatör Hulusi Kentmen'in biricik evladı giderdi yurtdışına, tahsil için!

Sıkıldı çocuklar. Daha fazla imkân var artık ellerinde. Burada bir gelecek görmüyorlar. Bana kalırsa hatalı ve fazla aceleci bir öngörü bu, ama hâl böyle. Yalnızca iş güç seçeneklerinden söz etmiyorum. Eğitimli orta sınıfın yaşam tarzı kaygısı, başlıca umutsuzluk nedeni. Gezi eylemlerindeki 'bana karışma' talebinin temsilcilerinden söz ediyorum. Türkiye'ye bakınca tarikatları ve eli palalı serserileri görüyorlar. Kaba sabalık, nobranlık, hoyratlık görüyorlar. İnşaat, toz toprak görüyorlar. Trafikte kırmızı ışık yanınca duracak kadar olsun 'uygarlaşmayı' reddedenleri görüyorlar.

Koca memleket bu niteliklerden ibaret değil kuşkusuz, ancak iyi ve güzel olan her ne varsa görünmez hâle geldi; şirretliğin, kibrin, duyarsızlığın ve kinin, tozu kiri altında. Ayrıca genç insanlar yaşamları boyunca başka iktidar ve başka yönetici kadro görmediler. Toplumsal ayrışma ve gerilimlerin tam ortasında kaldılar. Böyle giderse –ki gitmeyecektir– yalnızca sermayenin değil, eğitimli gençlerin de kaçmak için fırsat kolladığı çoraklıkta bir toprağa dönüşecek burası.

İyi hoş da, dönüştürmemek de elimizde! İnsansız bir ülke olmadığına göre...

Bir insan, dünyanın herhangi bir yerinde mutlu olabilir. Mutsuz da olabilir. Daha iyi ve konforlu bir yaşam için mekân, koşullardan yalnızca biri. Koşulları dönüştürmek için çaba harcamak bir tercihtir. Böyle bir çabaya gerek duymadan, koşulları hâlihazırda iyi olan bir yerlerde yaşamayı seçmek, bir diğer tercih. Yaşadıkları toprak çok zor, çok zahmetli, çok acılı ve çok güzel bir toprak. "Dünyanın en güzel ülkesi," diyerek anlamsız ve kompleksli iddialar öne sürmeye gerek duymadan da güzel bir yer burası. Sayıları ne kadar, belli değil belki ama iyi ve dürüst insanlar da var.

Sanırım, gitmek isteyeni de kalmak isteyeni de yüreklendirmek, teşvik etmek en iyisi. İnsan denemeli.

Ama denerken 'enseyi karartmadan' yapmalı bunu. Kendininkini de bir başkasınınkini de. 'Kalmayı' seçenleri küçümsemeden. Bir de gidince, yıllardır içinde yoğrulduğu her şeyin onu bir ömür takip edeceğini bilerek, kabullenerek gitmeli. Londra'daki ilk yaz mevsimimin sonlarında, bir kitapçının ikinci katında, üzerinde 'Turkey' yazan kitabı karıştırırken, Beyazıt'taki bakırcılar çarşısında elindeki tası çekiçleyen sakallı yaşlı adamın fotoğrafını babama benzettiğim için, sicim gibi yaş boşalmıştı gözlerimden, çöküp kaldığım koridorda. İçimize işleyen her neyse, tümüyle bırakıp bir yerlere gitmek mümkün olmuyor.

1995 yazına girerken... Londra şehrinin güneyinde taksiye binmek zorunda kaldım bir akşam. Şoför bir kadındı. Nereli olduğumu sordu ve bir iki hafta içinde Türkiye'ye döneceğimi öğrenince, "Ne şanslısın, senin dönecek bir yerin var," dedi.

İyi bir şey, insanın dönecek bir toprağının olması...

Garibanın garibana yaptığı

Garsonluk yapan biri, yaşamını daha ziyade alt tabaka mensuplarıyla geçiriyor demektir. Çalıştığı dünyadan söz ediyorum, hizmet ettiği müşterilerden değil. Karşılaştığı kişiler, müşteriler, çok farklı konumlarda olabilir. Kuşkusuz her türlü müşteri gelir bir lokantaya ancak bu karşılaşmalar garsondan ziyade, çalışılan mekân ve mekânın muhitiyle ilgili. Bir porsiyon yemeğin on lira olduğu yerin müşterisiyle, hemen hemen aynı porsiyon ve kalitedeki yemeğin yüz lira olduğu lokantanın müşterisi apayrı. Alınan ücret bir yana, çok pahalı işletmelerde çalışanların daha şanslı olduklarını düşünmeyin sakın. Evet biraz daha çok para kazanılabilir ancak servet ile görgü çoğu zaman doğru orantılı olmuyor! Hele ki Türkiye gibi, burjuvasının 'az gelişmiş ülkenin taze soğanı' olan memleketlerde, solaryum banyosundan çıkmış dört çeker hanım ve beylere servis yapmak, tahmin edersiniz, bir tür işkencedir. Cemiyet hayatının önde gelen simaları... Ama ne cemiyet!

Hâliyle bir garson da herkes gibi ait olduğu dünyaca şekillenir ve yaşam okulunun temel derslerini o dünyada alır. Söz konusu tabaka mensuplarının birbirine muamelesini, malum deyimle, garibanın garibana ettiğini bilmeyen var mı? Üst sınıf mensupları da diğerinin gözünü oymak için elinden geleni yapıyordur elbet. Türkiye'deki TV dizilerine bakılırsa, zengin tabaka sabahtan akşama dek birbirine kazık atmayı ve hatta yok etmeyi hayal ediyor! Yeri gelmişken, hakikaten insan hayret ediyor şu dizi senaryolarına. O tabaka öyle midir, çok malın derdi büyük mü olur, bilmiyorum. Belki de. Ama bu kadar mı hakikaten?! Perihan Abla'nın mahallesindeki mazbut yaşamdan, yalı ve köşkten başka bir yerde yaşayamayan Türk tipi aileye nasıl da geçiverdik? Senaryo yazarları nasıl dünyalarda yaşıyorlar böyle. Dizilerdeki ailelerin fertleri, yemek yemekten arta kalan zamanlarında birbirini yok etmek için plan yapıyor. "Vallahi iyi ki fakiriz, Allah korumuş zenginleşmemişiz," dedirtiyorlar insana!

Önceki yazılarda da söz etmiştim, ezilen kültürlerden gelen yöneticilerin, karşısındakini ezmek için neler yaptıklarından. Ancak orada tanık olduğum muhtelif saçmalık ve kötülükleri yapan ve bu yazıda 'gariban' sıfatıyla andıklarım, öyle saf kötü olduklarından da can yakmıyorlardı aslında. Başka türlü ayakta kalamayacaklarını düşünüyorlardı muhtemelen. Bir de galiba dertlerini gidermenin yolunu, bir başkasına dert olmakta bulmuşlardı! Örneğin yalnızca bir hafta çalıştığım lokantanın sahibi, İrlandalı bir adam. Alkolikti. Yaşamım boyunca hiç bu kadar 'içen' bir insan görmedim. Kendi lokantasında içmekten sıkılınca yandaki İrlanda barına giderek devam ederdi ve gecenin sonunda bir canavara dönüşürdü. Lokanta, o güne dek çalıştığım en mütevazı mekândı. Bizim İrlandalı, lokanta dünyasının garibanıydı anlayacağınız. Garsonlara ve herkese kontrolsüzce hoyrat davranırdı bu adam. Üstü başı da zihniyeti de dökülüyordu. İşe girişimin tam altıncı gününde, ilk hafta ücretini alacağım Pazar akşamı durup dururken hakaret edince berbat bir kavgaya tutuştuk ve kendimi dışarı attım. Haftalığımı da alamadan üstelik! Lokantaların en yoksulunun patronu, çalışanına en hırçın ve kaba saba davranan insandı aynı zamanda.

Bir de şöyle acıklı bir hikâye duyuyordum. Doğrusu yaygın olduğu da söylenirdi ama (öyleyse de) neyse ki başıma gelmedi. Kapitalizmin ve sömürünün ana vatanı olan İngiltere'de, benim koşullarımda, yarı yasal çalışan çok insan vardı ve tahmin edilebileceği gibi bu insanların tamamına yakını az gelişmiş ülkelerdendi. Yanlış bilmiyorsam rutin bazı kontroller dışında devlet, ihbar olmadan kaçak işçi avına çıkmıyordu. Çıktığında da sınır dışı ediyordu. Bir gün biri, ekmek parasına çok ihtiyacı olan bir yakınının dönercide iş baktığını, "Şu anda elemana ihtiyacım yok," denilerek reddedildiğini, bunun üzerine dönercide çalışanlardan birini 'ihbar' ederek yakalatıp onun yerine işe girmeye çalıştığını anlatmıştı. Ne vahim ve ne acı, değil mi? İhbar eden bir alçak. Alçaklık yapmasının nedeni, sefalet. İyi de, zor koşullar 'erdemi' bu ölçüde önemsizleştirmeli mi hakikaten? Yaşamak ne zahmetli!

Lokantalarda yaşam, çalışan ilişkileri bakımından hem dayanışma hem de küçük hesaplarla ayak kaydırıp can yakma ortamında geçiyordu. Hakikaten çok öğreticiydi. O çok meşhur Türk lokantasında çalışırken örneğin, sahibi Mısırlı olan ilk lokantada olduğu gibi, bahşişler garsonlara verilmiyordu. Ne tuhaf değil mi? Bahşişleri hak edene vermeyen iki lokanta sahibinden birinin Türk diğerinin Mısırlı oluşu! Şöhretli Türk lokantasında üç 'menıcır' vardı. Menıcır denilen, garsonun deneyimlisi ve takım elbiselisi. Aynı tabakadan yoksul insanlar. Ancak o yoksul, makam görünce birden değişiveriyordu. Biraz genelleme olacak tabii ama bizim kültürde birini delirtmek istiyorsanız, ona 'koltuk' vermelisiniz. En aklı başında bildiğiniz insan bir süre sonra saçmalamaya başlar. Gün boyu biriken tüm bahşişleri bu üç kişi paylaşırdı, akıl alır gibi değil. İçlerinden biri, baş menıcır olanı, en uyanıklarıydı. Çalışanların yanında gibi görünen, sürekli sol değerlerden söz eden tam bir üçkâğıtçıydı bu adam. Patronun karşısında rahatsız edici bir biçimde ezilip büzülür, arkasını dönünce eşitlikten vesaire söz ederdi. Sonraki yıllarda akademik dünyada da sıklıkla karşılaştığım bir tip. Solun değerlerini lafzen sömürüp hiçbirini içselleştirmeyen, her daim otoriteden yana olan zavallılar. Her neyse, yıllar sonra kendi lokanta zincirini de açmış bu uyanık.

Ezileni ezmekten hiç çekinmeyen bu takım elbiseli ezilmişle, şöyle bir hatıram olmuştu: Lokanta, dışarıya da hizmet veriyor, talep geldiğinde hem yemek hem personel hizmeti sağlıyordu. Bir gün, ben ve bir diğer garson arkadaşımı, yanımızda bir araç dolusu kokteyl abur cuburuyla adı sanı bilinen bir Türk zenginin evindeki davete gönderdiler. İki üç saat servis yaptık. Hani şu elinde tepsiyle ortalıkta dolaşan penguen kılıklılar var ya... Çok ama çok zengin oldukları her hâl ve sözlerinden belli insanlardı. Cemiyet! İşin sonunda evin çalışanı, elime içinde bahşiş olan bir zarf tutuşturarak teşekkür etti. Zarfı arabada açtım ve 450 sterlin olduğunu gördüm. Yani neredeyse bir aylığımızı bahşiş olarak vermişti. Düşünsenize, gidip tüm parayı üç menıcıra vereceksin. Pışık! Lokantaya döndük ve mutfak çalışanları dahil oradaki herkesi toplayarak durumu açıkladım, parayı eşit olarak paylaştırdım. Cümlesinin keyfi yerine geldi tabii. Ertesi gün, sol değerleri benimsediği iddiasındaki menıcır beni yanına çağırdı ve olup biteni duyduğunu, bu kez sorun çıkarmayacağını ancak böyle bir şeyi bir kez daha yapmamam gerektiğini tebliğ etti! Çünkü üç kişi bölüşmek istiyorlardı bizim hakkımız olan parayı. Nereden duymuş dersiniz? Bölüştürülen paradan payını alan ama aynı zamanda göze girmek isteyen bir çalışan, koşa koşa yetiştirmiş. Bir sömürülen, sömürgenin gözüne girmek için, diğer sömürülenleri harcıyor, kendi payını aldıktan sonra. Ne güzeldir yerli ve milli değerlerimiz!

Bazen müthiş bir dayanışmaya da yine aynı dünyada tanıklık etmek mümkün oluyordu. Hiç unutmuyorum, İzmirli bir abimiz bulaşıkçılık yapıyordu. Bizden hayli büyüktü ve Londra'ya dil öğrenmeye gelmişti. Yıllarca dil bilmediği için çalıştığı yerlerde hak ettiği konuma gelemediğini düşünüp dil eğitimi için çoluk çocuğunu İzmir'de bırakmış, Londra'da gündüz bir okula devam ediyor, akşamları da bizim lokantada çalışıyordu. Tuhaf bir durum aslına bakılırsa. Malum, nüfusumuzun kahir ekseriyeti hak etmediği bir yaşam sürdüğünü düşünür! Yani elinden tutan olsa astronot olacakken bazı talihsizlikler nedeniyle Tapu ve Kadastro'da memur olmuştur. İzmirli abimiz hâlini gurur meselesi hâline getirmişti yalnızca. Mutfağa her girene İngilizce bir sözcük sorardı. Fakat o kadar saat bulaşık yıkamaya dayanamadığı için her fırsatta yardım ediyor, iş bitince onun çıkarması gereken çöpleri biz çıkarıyorduk. Yorgunluktan ağladığını hatırlıyorum adamcağızın. Tabii abimizin bir talihsizliği mutfakta iş bulabilmesiydi ki dil öğrenmek için hiç ideal bir yer değildir. Mutfak çalışanı olmak hakikaten çok zor ve ağırdır. Hele ki yoğun akşamlarda cehenneme dönerdi. Dumandan göz gözü görmez, aşçı ve yamakları insanlıktan çıkardı. Çalışanlar da ya bizim memlekettendi ya da dili zayıf olan yabancılardı. Onların da ilk öğrendiği Türkçe küfürler oluyordu. Sıkışık akşamlarda herkes birbirine sövüyor ve işe her başlayana da kültürümüzün alametifarikalarından olan belli başlı küfürler, özenle öğretiliyordu. Hâl böyleyken, ailesini bırakıp gelen ve işin ağırlığına dayanamadığı için uzun süre diğer çalışanlarca idare edilen abimiz, ancak iki üç ay dayanabildi ve pek bir şey öğrenemeden İzmir'e döndü.

Mutfak ve garibanlık deyince, ister istemez o son lokantadaki Abdullah'ı hatırladım şimdi. Şinasi abinin 'emrinde' çalışan Abdullah, Diyarbakırlı pırıl pırıl bir adamdı ve ızgaracıydı. Haftanın yedi günü, sabahtan akşama dek çalışarak para biriktirmeye çalışıyordu. Bir gece işten çıktıktan yarım saat sonra döndü. Birkaç yıl önce gelmiş ve mutfağa girmiş Abdullah. Tek kelime İngilizce bilmiyordu ve her gece aynı duraktan aynı saatte bindiği otobüsü kaçırınca evine nasıl gidileceğini kestiremediği için lokantaya dönmek zorunda kalmıştı. Sözünü ettiğim, aynı zamanda, böyle bir garibanlık işte.

Türkiye'ye dönmek üzere ayrılma zamanım geldiğinde, tüm çalışanlar, bir Pazar akşamı saat dokuz gibi lokantayı kapatıp veda partisi yaptı. Ayakta kalabilmek için birbirinin gözünü oymaya hazır 'görünen' insanlar, bütün gece bir arada şarkı türkü söyledi ve bana bir metre boyunda devasa kapaklı kartpostal ile zarf hediye ettiler. Kartpostalı hâlâ saklıyorum. İki iç yüzeyine de güzel, duygusal notlar yazıp imzalamışlar. Zarfta ne vardı biliyor musunuz? Günde en az on saat çalışan ve hak ettiğinin yarısını dahi elde edemeyen arkadaşlarım aralarında para toplamışlar, son günlerimde cep harçlığı olsun diye... Çeyrek yüz yıl sonra şu satırları yazarken, yine gözüm doluyor.

Gri alan diye bir şeyden söz edilir, malum. Her insanda olduğu varsayılır. Bilmiyorum, belki böyle bir keşişim yeri vardır içimizde ama bana kalırsa, herkeste siyah ve beyaz alanlar, nitelikler var. Aynı insan, çok kötü de olabiliyor çok iyi de. Buna mukabil şu bir gerçek sanırım: Can yakıcı yoksunluklar ve sert yaşam mücadelesi, o siyahın ve beyazın en katıksız hâllerini çıkarıyor içimizden. İnsanlar arasındaki muhtelif farklılıklar bir yana, herhâlde yeryüzündeki en alçak ayrım, yoksulluk ve zenginlik arasında...

Dışişleri Bakanı ile garson

Bugünden bakınca biraz hayal gibi geliyor bazı karşılaşmalar. Keşke günlük tutsaymışım bir ömür, böyle bir alışkanlığım olsaymış. Özellikle hafızası berbat biri için gerekliymiş aslında, sonradan fark ettim! Gerçi insan ne kadar dürüst tutabilir o günlüğü bilemiyorum. Ya da günlük tutmak için dürüstçe yazmak gerekir mi, emin değilim. Gerekmiyorsa, ileride neyi nasıl hatırlamak istiyorsa öyle mi yazıyor acep insanlar. Yok hayır, şu saatte şu oldu, bugün filanca geldi, notlarından söz etmiyorum. Örneğin, o gün her neye sevindik ya da kızdıysak, hissettiğimizi yazabilir miyiz olduğu gibi? Göçüp gittikten sonra ola ki birileri alır okursa?! Bir de öyle bir kültür ki "En kötü huyum çok iyi kalpli olmam," demeye azmetmiş, kendisinde yaşamı boyunca tatsız hiçbir nitelik bulamamış milyonlarca insan. Eğer günlük tutsaydım, muhtemelen bazı şeylerin doğrusunu yazmazdım. Her şeyi olduğu gibi hatırlamak istemezdim yıllar sonrasında.

Fakat bugün anlatacağım bir iki hikâyeyi, nasıl oldularsa öyle hatırlamanın sakıncası yok!

Çalıştığım türde mekânların garsonlarının yaşamında 'parti' mefhumu vardı. Her birinde sık aralıklarla çeşitli davetler, bir kısmı hakikaten çılgın sıfatıyla anılabilecek partiler yapılıyordu ve biz penguen kılıklılar hepsinde aynı roldeydik! Örneğin, ilk Fransız lokantasında bir 'cenaze sonrası kokteyli' hatırlıyorum. Benim açımdan epey şaşırtıcıydı, bambaşka bir kültürün yasına tanık olmak. Birbirinden şık ve tahmin edilebileceği gibi koyu renk giyinmiş insanlar, üzgün ama taşkın olmayan bir sükûnet içinde yediler, içtiler, konuşmalar yaptılar ve dağıldılar. Nikâh sonrası eğlencelerini anlatmaya gerek yok sanırım. Tanıdık şeyler. Mutlaka konuşma yapılıyordu. Gerçi şimdi Türkiye'de de yayılmaya başlandı bu konuşma işi, özellikle şirketler organize ettiğinde gelin ve damadın yakınlarına yaptırıyorlar. Londra'da hiç istisnasını görmedim. Malum, güzel anılar, biraz komiklik, kadeh kaldırma, vesaire... Garsonun o anki işlevi durup beklemek, gürültü yapmamak! İş yemeklerinin, özel şirket partilerinin ise tadı tuzu olmuyordu pek. Her şeyden önce çok içiyorlardı ve İngiliz'in sarhoşluğu çekilecek çile değildi hakikaten. Şirket yemeklerini ve ikinci kadehten sonra bas bas bağırarak konuşmaya başlayan beyaz yakalı arkadaşları pek hayırla yâd etmiyorum.

Demiştim, son lokantam çok şöhretli bir Türk lokantasıydı. Hâliyle, o nispette tanınmış (ya da daha sonra tanınacak) müşterileri oluyordu. Tanınmış işadamları, medya patronları, onların İngiltere'de okuyan çocukları, müzisyenler, sonrasında siyasette adını duyacaklarımız...

O adamlardan biri, arada bir Londra'da yaşayan Türk öğrencileri ve yabancı arkadaşlarını toplayarak yemeğe geliyordu. Lüzumundan fazla sosyal ve aynı ölçüde şakacı bir tipti! Başka yerlerde de karşılaşıyorduk. Bir gün o şakacıyı, TBMM kürsüsünde iktidar partisi milletvekili olarak yemin ederken gördüm. Yıllar sonra da 'bakan' yaptılar. İnsan bazen gerçekten hayret ediyor! Tahmin edebileceğiniz gibi, bu sevimsizlerin hiçbiri garsonlara doğru dürüst teşekkür etmezdi. O lokantaya gelen Türkiyeli müşterilerin kahir ekseriyetinin ayırt edici bir niteliğiydi bu. Teşekkür etmemek! Kesinlikle biraz olsun eşitlikçi bir ilişki kurmaya yanaşmamak. Bir akşam yemeğinde servis yaptığım Aydın Boysan hariç. Çok zarif bir insandı. Rahmetle anıyorum.

Fakat hepsi bir yana 'kaba sabalığın' nadide örneği, çok şöhretli bir kadın ses sanatçımız geldiğinde yaşanmıştı. Bugün dahi hayretle hatırlıyorum. Hafta içi bir akşam saat 23.00 suları. İş bitmiş, ortalığı derleyip toplayıp yorgun argın evimize gideceğiz. Aşçılar mutfaktan çıkıyor. Tam o esnada kapıdan, memleketin en tanınan kadın şarkıcılarından biri ve siyah kıyafetleri içinde saz arkadaşları girdi. Gerçeküstü bir film sahnesi gibiydi. Patrona haber verilmiş, o da koşa koşa geldi gece vakti. Şarkıcı ve siyahlar içindeki saz arkadaşlarını (şaka yapmıyorum, hakikaten manzara buydu!) üst kata buyur ettim, mutfak yeniden açıldı. İstedikleri yemekler aceleyle yapıldı ve bir saat kadar kalıp ayrıldılar. Doğru tahmin ettiniz, teşekkür etmediler çalışanlara! Her şey yeniden temizlendi ve iki üç saat daha yorulduğumuzla kaldık. Neden bir şükran emaresi göstermediklerini anlamak mümkün değildi. Bu coğrafyada, içselleştirilmiş bir kaba sabalık söz konusu sanki.

Böyle can sıkıcı ve bir yandan da matrak çok şey geliyor insanın başına garsonlukta. Tanık olduğum bir 'iş yemeğini' mutlaka anlatmalıyım. Trajikomik bir 'yerli' hatırası olduğu ve hemen tüm 'milli' değerlerimizin toplamı olduğu için. Ardından başlığa gelirim.

Yine aynı lokanta. Bu kez TC Büyükelçiliği, tüm personeline bir yemek veriyor. Londra'da başka bir lokanta kalmadığı, köküne kıran girdiği için etkinlik bizim lokantada olacak. Yine üst kat ve kontrol bende! Yemekte büyükelçi mi vardı, yoksa 'ikinci' mi gelmişti hatırlamıyorum. Malumunuz, diplomatların çok aşina olduğu bir terimdir 'ikinci.' Birinci, büyükelçi!

O da büyükelçi değil, 'beyefendi.' Beyefendi aşağı, beyefendi yukarı. 'Hanımefendinin' kocası. İsim vermez diplomatlar, büyük günahı var!

Akşam oldu, herkes geldi. 'U' masa yapıldı, bütün salonu kaplayacak şeklide. Çalışanlar, çoluk çocukları. Türkiye ahalisinden ellisi altmışı bir masada oturuyorsa, bunun bazı kaçınılmaz sonuçları olur garsonlar için. Bir, talep hiç bitmeyecek ve gece boyu iki kat aşağıdaki mutfağa onlarca kez inmek zorunda kalacaksınız. İki, taleplerin içeriği kestirilemez. Bu, "Acılı ezmeyi daha acı yapmak mümkün değil mi?" olabileceği gibi, "Yarım su bardağı ılık su" da olabilir. Dolayısıyla zihin açık, sinirler sağlam olmalı. Üç, orada altmış kişi varsa, en az elli küllük olmalı ve o küllükler her on beş dakikada bir değiştirilmeli. Çünkü iyi bir lokantada küllükte üçüncü izmarit olmaz. Kâbus gibi. Dört, hemen hiç kimse size teşekkür etmeyecek! Ezcümle, böyle akşamlar başlı başına bir mukavemet testidir garson açısından.

Misafirler geldi. Bu arada, müşteriye misafir diyecek, sonra da misafirden hesap tahsil edeceksiniz. Ne ayıp! Yenildi, içildi, biri konuşma yaptı. Saat gece yarısına yaklaşıyor. Yorgunluğu, taban ağrısını anlatması çok güç. 'Misafirlerin' bir kısmı ayrıldı ama kalanı gitmeye niyetli değil. Yorgunluktan sağa sola bakmaya zorlanıyorsunuz artık, amma velâkin masaların yanında yavaşça yürüyeceksiniz, 'misafiriniz' el kaldırdığında göreceksiniz, size seslenmek zorunda kalmayacak. Zaten seslenmelerini hiç istemiyorsunuz, çünkü genellikle "Arkadaşım," ifadesiyle hitap ediyorlar. Oysa onlarla arkadaş değilsiniz, olmayı düşünmüyorsunuz. Yalnızca garsonsunuz ve daha ileri bir ilişki hayaliniz yok. Salondaki herkes bir 'numaradan' ibaret sizin için. 12'ye küllük gelecek, 18 iki kahve istedi... Yorgun argın gezinirken, birilerinin 'hanımları' olduğunu tahmin ettiğim kişilerin bulunduğu masadaki diyaloğu işittim. Kadınlardan biri diğerine, "Bunlar da bu saat oldu çalışıyor, yazık" dedi. "Bunlar" dediği biziz, tahmin edersiniz! Bilezikleriyle dikkat çeken diğeri, hâlâ unutamadığım ve toplumsal/siyasal kültürümüzün hücrelerinden kopup gelen şahane bir karşılık verdi: "Neden üzüleceksin, kafalarını kullanıp okusalardı da burada bu saatte çalışmasalardı." Harika değil mi?! Bu arada, o saatte servis yapan iki garson ve dört beş kominin tamamı üniversite mezunuydu! Bir süre sonra kalkıp gitti misafirler. Ne tuhaf, küçük görme eğiliminin, hödüklüğün başlıca alametlerinden oluşu. Şimdi ne yapıyorlar acaba? Herhâlde emekli olmuştur beyleri. Daha doğrusu, emekli olmuşlardır! Malum, memur hanımları, her ne yapılıyorsa 'toplu' yapar. 'Tayinleri' çıkar, 'emeklilikleri' gelir. Bilezikler duruyor mudur ki?!

Başlığa geleyim...

Çok eğlenceli bir rastlantıydı. Büyükelçilikte bir resepsiyon olacakmış. Bizim lokantadan bolca yemek/atıştırmalık ve iki garson istemişler. Büyük bir etkinlik demek ki ve belli ki büyükelçiliğin çalışanları yetmeyecek. Bir araç dolusu yemekle yola çıktık. Şu sevimli ve geleneksel siyah taksi içinde, yemekler ve iki garson. Çok güzel bir binaydı. Şunu da söyleyeyim, o gittiğimiz bina büyükelçilik miydi yoksa büyükelçinin rezidansı mıydı, hatırlamıyorum. Yalnızca güzelliği kalmış aklımda. Hemen mutfağa yönlendirildik. Hakikaten etkileyici bir mekân. Usta bir aşçısı vardı. Rahmetli Başar Sabuncu'nun yönettiği *Zengin Mutfağı* adlı filmi (Vasıf Öngören'in eserinden) ve başroldeki Şener Şen'in performansını düşünün; işte öyle bir mutfak atmosferi. Aşçı, bir yandan bizim getirdiklerimizi ısıtıp tabaklara dizen, diğer yandan dedikodu yapan harika bir adamdı. Ellerimizde küçük tepsilerle salona çıkıp iki saat kadar ortalıkta dolaştık. Resepsiyon, o dönemde dışişleri bakanı olan şöhretli siyasetçi için verilmiş. Adlarını hatırlamadığım başka siyasetçiler de vardı. Giderek artan bir yorgunlukla dolaşırken bir ara Bakan, nezaketten olsa gerek bizimle ilgilenme ihtiyacı hissetti ve orada ne yaptığımızı sorup Mülkiyeli olduğumu öğrenince hem çok şaşırdı hem mutlu oldu. Bir Mülkiyeli garson, diğer Mülkiyeli Dışişleri Bakanı'na, penguen kıyafeti içinde sosis ikram ediyordu. Hayat işte...

Geçmiş zaman olur ki

Hatırladıklarımızın yekûnu kadarız sanırım. Bazı şeyleri hatırlıyorum, bazı şeyleri hatırlamıyorum ve bazı şeyleri de yanlış hatırlıyorum muhtemelen. Yanlış hatırlama ihtimalim olanları anlatırken, zihnimin ne ölçüde oyun oynadığını kestiremiyorum. Bazı şeyler tam olarak öyle miydi, emin değilim. Ancak burada anlattığım hikâyeleri, en iyi hatırladıklarım arasından seçtim, yalan olmasın.

Özellikle ilk zamanlarda dilbilgisiyle ilgili matrak maceralar yaşanabildiğini söylemiştim. İkinci Fransız lokantamdı. Yalnızca bir ay çalıştığım. Bir ayın sonunda yerime, destansı güzellikte bir Fransız kadını istihdam edip beni çıkardılar! O kadın kurstan arkadaşımdı ve bizim lokantada iş bakabileceğini söylemiştim. Gidip iş istemiş, beni çıkarıp onu aldılar. Matrak bir durumdu! Bu Fransız lokantası da Güney Londra'da epey canlı bir mekândı. İlk gün yönetici ile buluşup tanışmak için gittiğimde Jill adlı, kısa boylu, at kuyruklu, cıva gibi bir arkadaş karşıladı ve çalışanların tümünün Fransız olduğunu sonradan öğrendiğim mekânı gezdirmeye başladı. Yaklaşık on dakika boyunca hiç susmadan, beni peşine takarak koştu(!), araya girip tek sözcük sarf etmeme izin vermedi. Söylediklerinden hiçbir şey anlamadığım hiperaktif bir deliyle karşı karşıyaydım. Bir ara nasıl olduysa birkaç saniye susunca can havliyle "Çok naziksiniz ancak ben Fransızca bilmiyorum, İngilizce konuşabilir misiniz?" deyince, "On dakikadır İngilizce konuşuyorum," deyiverdi! O anda anladım, 'dilbilgisi hiçbir şeydi, aksan her şey.' Daha sonra da aksanı güçlü arkadaşlarım oldu elbette. Örneğin bir Japon arkadaşımın kursta en sevdiği insan bendim, çünkü uzun süre aynı sınıfa devam ettiğimiz için onu yalnızca ben tam olarak anlayabiliyordum! Fakat Jill'inki gibi bir aksanla bir daha karşılaşmadım. Dediğim gibi, macera bir ay sürdü, son derece seviyeli bir şekilde ayrıldık. Oradaki tüm işten ayrılmalarım düzeyli oluyordu, çünkü düzeysizleşip alengirli bir tartışmaya girmek için, daha fazla dil bilgisi ve pratiği gerekliydi!

Her lokanta başka bir şey kattı hakikaten. Hem mutfak kültürü hem de insan davranışları bakımından. Londra'ya adım attığımda, havaalanı kapısından benimle birlikte çıkan bir Türkiye vatandaşı, "Oh be sonunda Londra'dayım!" demişti, bunu hiç unutmuyorum. Bir zaman sonra, herhangi bir yere duyulacak hayranlığın ne denli lüzumsuz olduğunu fark ediyor insan. Çetin Altan'ın *Çemberler* adlı bir oyunu vardır, dönüp dolaşıp aynı şeyleri yaşamaya dair. Dışarıda da insanın başına gelen çok farklı değil aslında. İlk günlerde ilginç ve hatta şaşkınlık verici gelen her şey, bir süre sonra olağanlaşıyor, monotonlaşıyor ve bir başka sıkıcılığın parçası hâline getiriyor sizi. Hint kökenli bakkal, bakkal işte. Kasiyer de kasiyer. Ev sahibi, her yerdeki ev sahipleri gibi. Örneğin ilk kaldığım pansiyonda iki yaşlı kadın (kardeş) vardı ve Türkiye'deki tahammül edilmez insanlardan farkı, İngilizce konuşan tahammül edilmez insanlar oluşlarıydı. Her sabah erkenden kakıp bozuk paralarını sayarlardı.

Eh, siz de her sabah bu saçmalığı seyrediyorsunuz işte, ne kadar heyecan verici olabilir ki!

Çok insan tanıyorsunuz ve dinmeyen bir hız söz konusu, tanıma, daha doğrusu 'tanışma' mesaisinde. Garsonlarla konuşmayı seviyorlardı. Bir kısmı salt nezaketten, bir kısmı zevzeklikten, kimisi de içten bir tanıma isteği ve merakla. İlk soru, tahmin edilebileceği gibi, "Nerelisin?" idi. O kadar çok soruldu ki, bir süre sonra bunu bir oyuna çevirip "Tahmin et," demeye başladım. Neden bilmiyorum, hiç 'İskandinav' olabileceğim tahmininde bulunan çıkmadı! İtalya ile Fas arasında bir yerlere denk düşüyordu tahminler. "Türkiye" dediğimde çok ilginç tepkiler verenler oldu. Birini hiç unutmuyorum. Soruyu soran adam nereli olduğumu öğrenince son derece ırkçı bir refleksle, "Hayret, Avrupalı gibi görünüyorsun," deyivermişti. Ne eksik ne fazla, tüm ırkçı milliyetçiler gibi dümbelek görünümlü bu adama hak ettiği dersi de, yanında oturan hanımı vermişti, "Ne saçmalıyorsun?!" diye azarlayarak. 'Nerelisin?' oyunu, işin en sıkıcı yanlarından biriydi tüm garsonluk kariyerim boyunca.

İnsan çeşitliliği derken abartmıyorum. Müşterisi bol olan yerlerde nelerle karşılaşabileceğinizi tahayyül dahi edemezsiniz. Zarifler, kabalar, işgüzarlar, müşkülpesentler, uyanıklar, pazarlıkçılar, kompleksliler, sinirliler, uyuzlar, yüksek sesle konuşanlar, ne dediği anlaşılmayanlar, kararsızlar, fazla kararlılar, havalılar, mahcuplar... Hepsiyle bir bir diyaloğa girmek ve onları memnun etmek zorundasınız. Masaya ne getirirseniz getirin –bu yağda yumurta da olabilir– "Fantastik" diyerek tezahürat yapan ile hiçbir şeyi beğenmemeye yeminli, yan yana oturuyor. Düşünün neler yaşayabileceğinizi. Hiç unutmuyorum, düzenli ve kibirli müşterilerden biri, bir gün tabağından çıkan küçücük metal nevi bir parça nedeniyle dakikalarca bağırıp çağırıp herkesin sinirini bozmuş, sonrasında o parçanın dişindeki dolgu olduğunu fark etmişti! Ve siz bu müşteriye "Hıyar" deme hakkına sahip değilsiniz ne yazık ki.

Tabii yalnızca müşteriler değil, patron ve çalışan çeşitliliği de, takdire şayandı. Örneğin bir lokantanın patronu, her gecenin hasılatının evine getirilmesini isterdi. İki kişi, yorgun argın çıkar ve lokantaya yakın evine gidip kapısındaki metal bölmeden atardık zarf içindeki parayı. Çoğu zaman hemen açardı kapıyı. Uyumamış, bekliyor olurdu. Ne acayip bir davranış değil mi? Garsonlar da her işte olduğu gibi, temelde işini iyi yapanlar ile kaytaranlar şeklide ayrılıyordu. Kaytarmak öyle kolay değildi aslında, bu yüzden kaytarmaktan çok 'isteksizlik' sözcüğüyle tanımlayabilirim belki o davranışı. Başka bir hayat yaşayabileceğini düşünen ama onu yaşayamayan, bunun acısını hiç olmadık yollarla, olmadık insanlardan çıkarmaya çalışanlar... Akademiden de tanıdıktır gerçi. Aslında Princeton ya da Harvard'da çalışabilecekken, olmamış! Bulunduğu yerin tadını çıkarıp kıymetini bilerek, her ne yapıyorsa olabildiğince verimli hâle getirmek dururken, bir ömür, 'olmayanı' düşünüp karşısında kim var kim yok eziyet edenler... Garsonlukta da vardı böyleleri. Elinden tutsalar Saray'ın baş aşçısı olabilecekken koşullar nedeniyle tek yıldızlı İngiliz lokantasında bulaşıkçı olmuş. Ah şu koşullar. Ah şu elden tutmayanlar!

Kimi garson arkadaşlar, 19. yüzyıl başlarında Sanayi Devrimi'nin ilk etkileri karşısında duydukları kızgınlıkla 'makine kırıcılığına' yönelmiş işçiler gibi, her tepeleri attığında patrona zarar verme eğilimindeydi. Çocuksu yöntemlerle. Örneğin, tuvalete giderken Evian su alıp 'marka suyla' taharetlenen civanlar vardı!

Çok iyi garson ve mutfak işçisi arkadaşlarım oldu. Ama son lokantadaki 'komim' Giovanni ile adını vermeyeceğim 'deniz yüzbaşı' abimizin yeri, başkadır. Tabii bir de diğer komim olan Türkiyeli gencecik bir kadın.

Giovanni, anlayabildiğim kadarıyla günde iki saat uyuyarak uzun süre yaşayabilmenin formülünü bulmuş bir İtalyan'dı. İnanılmaz sempatik ve bulaşıkçılıkla başlayan kariyerini kısa sürede garsonlukla taçlandırmış, yetenekli biriydi. Mutfaktan salona terfi ettiğinde, bir süre benim komiliğimi yaptı ve herhâlde en eğlenceli birkaç haftayı o zaman geçirmiştik. Bizimki çevresine neşe vermek için doğmuş gibiydi ve haftanın dört - beş günü, gece işi bitince soluğu gece kulüplerinde alır sabaha kadar dans eder, sonra öğlene doğru zıpkın gibi gelir ve gece neler yaşadığını anlatırdı. Tabii adam İtalyan, aklı fikri hoş kadınların olduğu masalara servis yapmaktaydı ve öyle bir masa geldiğinde servisi yavaş yapmam için adeta yalvarır, mutfağa inerken sürekli İtalyanca bir şeyler mırıldanırdı. Tahminimce güzel, mutlu ve yine hızlı bir hayat sürüyordur dünyanın bir yerlerinde.

Deniz yüzbaşıya geçmeden önce, diğer komi Türkiyeli genç kadından da söz etmek istiyorum. O da dil öğrenmek için gelmiş, üniversite mezunu bir mühendisti. Çok iyi kalpli, çok hevesli, çok agresif ve çok açık sözlüydü. Ve çok çelimsiz! Çoğu zaman taşımaya çalıştığı tepsilerle aynı kilodaydı. Servis yükü fazla olduğunda mutfağa inip yardım ederdik. Unutamadığım bir şey yaşattı bir akşam. Çok yakınımızda olan LSE (London School of Economics)'nin hocaları yemeğe gelmişti. Yemek sonuna doğru, tabakların toplanması anı... Servisi garson toplar ve eğer bir komi varsa yanında, onun taşıdığı tepsiye dizer. Yoksa, kendisi taşır. Ancak komi masa toplamaz. Masanın birkaç metre uzağındaydım. Bizimki müşterilerin yanına geldi ve Yunan olduğunu bildiğim bir profesörün önündeki tabağı hızla çekip aldı. Müdahale edemedim ve yavaş çekim bir film karesini izler gibi seyretmek zorunda kaldım. Çizgi filmlerdeki gibiydi. Çekip aldığı tabağın üzerinde ne kadar yemek artığı varsa bir an havada dondu sanki ve adamın ceketinin arkasına boca oldu. Bizimki hiç farkına varmadan mutfağa indi! Masanın yanına vardığımda kıyamet kopmuştu, herkes profesörün ceketini temizleme telaşında, o da bas bas bağırıyor. Özürler özürler... Tabii bütün şamatayı ben dinlemek zorundayım! Ceketini kuru temizlemeye göndermek için alıp bir torbaya koyduk, arkasından özür kadehleri! Mutfağa gidip bizim işgüzara olanı biteni anlattım kızgınlıkla. Ne yaptı dersiniz? "Dur" demeye fırsat vermeden üst kata fırladı. Ben arkasından koşarken Yunan profesörün masasına yöneldi ve "Ne bağırıyorsun, kaza olmuş işte," minvalinde bir şeyler söyleyerek fırçalayıp adama küçük dilini yutturdu. Ardından sükûnetle mutfağa indi! İnanılması zor bir manzaraydı. Müşteri lâl olmuştu. Son içkiler ve tatlılar müesseseden geldi hâliyle! Görkemli servis kariyerimde tanık olduğum en güzel sahnelerden biriydi. Garsonun intikamı! Patrona anlatılmadı, menajerlerin haberi olmadı, müşteri de şikâyet etmedi, konu öylece kapandı. Bizimki şimdi bir yerlerde mühendislik yapıyordur herhâlde.

Gelelim son hikâyeye. Çok kısa. Daha doğrusu uzatmaya lüzum bırakmayacak kadar güzel olanına.

Deniz yüzbaşı bir abimiz. İstanbul Heybeli'de rütbeli askerken bir İngiliz kadına âşık olmuş, her şeyini bırakıp Londra'ya gelmiş, garsonluk yapıyordu. Para biriktirip kendi işyerini açacaktı. Çok iyi, vicdanlı, çalışkan bir insandı. Âşık olduğu kadının şehrinde, garsonluk yaptığı için hiç mutsuz değildi. Muhtemelen çoktan açmıştır lokantasını, inşallah keyfi yerindedir onun da. Çok güzel insandı.

İşte böyle muhterem okur...

Çeyrek yüzyıl önce, dünyanın bir yerinde parasız pulsuz başlayan garsonluk macerası. Sıradan, çok insanın yaşadığı ya da yaşayabileceği türde hatıralar. Her açıdan çok öğreticiydi.

Bir ukde kaldı mı içimde? Bilmiyorum aslında. Bugünden baktığımda, belki parasızlıktan bir buçuk yıl boyunca Türkiye'ye hiç gelememek olabilir. Bu çok canımı sıkmıyordu, zaten öyle olacağını az çok tahmin ederek gitmiştim. Buna mukabil, artık anne ve babası vefat etmiş biri olarak, acaba diyorum, o kadar ay görmemeye, ayrı kalmaya değer miydi? O yaşta, sanki hiç kimsenin başına bir şey gelmeyecekmiş gibi hissediyor insan. Hâliyle bugünden bakmak ne kadar anlamlı, bilemiyorum.

Okulunu bitiren bütün öğrencilere dostça tavsiye ederim: KPSS kurslarına birkaç yıl geç gidip ömür törpüsü işlerine daha geç başlasalar ve son derece ciddi kıyafetleri bir - iki yıl gecikmeyle giyseler, fazla bir şey kaybetmezler hayatta.

O yaşlardaki her genç insanın, benzer maceralar yaşamasını dilerim...